ARTS

SCIENCES

LETTRES

BIBLIOTHÈQUE NATIONALE

COLLIN D'HARLEVILLE

LE

VIEUX CÉLIBATAIRE

M. DE CRAC

DANS SON PETIT CASTEL

PARIS

Librairie de la BIBLIOTHÈQUE NATIONALE

N. CAMUS, Éditeur

Passage Montesquieu, 5, rue Montesquieu

PRÈS LE PALAIS-ROYAL

CATALOGUE AU 1er JUIN 1908

BIBLIOTHEQUE NATIONALE

COLLECTION DES MEILLEURS AUTEURS ANCIENS ET MODERNES

———

THÉATRE

DE

COLLIN D'HARLEVILLE

———

LE VIEUX CÉLIBATAIRE

———

M. DE CRAC DANS SON PETIT CASTEL

PARIS
LIBRAIRIE DE LA BIBLIOTHÈQUE NATIONALE
PASSAGE MONTESQUIEU (RUE MONTESQUIEU)
Près le Palais-Royal

———

1911

AVERTISSEMENT.

Nous croyons être agréable à nos lecteurs en reproduisant un extrait de la Préface de l'auteur pour l'édition de 1805 de son œuvre théâtrale :

« En juillet 1789, je tombai dangereusement malade. Une fièvre brûlante, accompagnée de plus d'un accident, m'avait réduit à l'extrémité. Mon médecin, et une sœur chérie, n'avaient presque plus d'espérance. C'est dans une telle crise que, plein de... je ne sais quel Dieu, malade comme la Pythonisse, j'éclatai, comme elle, en un délire vague, obscur, mais moins extravagant peut-être. Enfin, de scène en scène, j'avais poussé la chose jusqu'à cinq actes, le tout sans rien jeter sur le papier. La joie que j'en ressentis ranima mes esprits. Une nuit, il m'en souvient, j'appelle d'une voix faible ma fidèle gouvernante; je lui demande un bouillon, que j'avale d'un trait : je me fais apporter encre, plume et papier; et, sur mon séant, pour la première fois depuis un mois, j'écris, j'écris toute la nuit. Le matin, je me renfonce dans mon lit, et me tiens coi tout le jour. De nuit en nuit, je répète ce jeu; et, au bout de douze jours, je dis à Andrieux : « Mon ami, j'ai fait une « Comédie en vers et en cinq actes. » Il me croit au dernier degré du transport. Je soulève mon drap, et lui fais voir et toucher un monceau de papiers; je lui donne un feuillet, qu'à peine il peut déchiffrer : alors, je retrouve la parole, et je lui déroule ma Pièce, scène par scène, au point de l'épouvanter. Il appelle sœur et médecin, et leur fait part de cet espèce de prodige. On peut juger de leur étonnement. En douze autres jours, je mets tout mon griffonnage au net, travail plus difficile que le premier. Je retombai malade; mais j'avais livré à mon ami une Comédie en cinq actes. qui était le *Vieux Célibataire*, bien imparfait sans doute, puisqu'il l'est encore à présent : mais le personnage du Vieillard s'annonçait déjà; le caractère de *madame Evrard* était, sinon développé, au moins tracé assez fortement; et la scène si folle des *Cousins* était précisément telle qu'elle est. La chose est étrange, incroyable, impossible même, d'accord : mais, comme dirait *Sosie,*

« Elle ne laisse pas que d'être. »

Le succès de cet Ouvrage me dispense d'en révéler même les défauts, qui ne l'ont pas empêché de réussir. Que n'en ai-je pu faire seulement une pareille ! Hélas ! j'ai été depuis bien souvent malade ; je le suis même encore, au moment où je fais ce récit; mais les maladies ne me rapportent plus autant... »

« Je ne ferai point à *Monsieur de Crac* l'honneur d'en parler longuement. C'est une folie de Carnaval, que les vers soutiendront peut-être. On me pardonnera cette gaieté, j'espère : ce sont de ces écarts où je ne suis pas tombé souvent... »

COLIN D'HARLEVILLE.

16 août 1805.

LE VIEUX CÉLIBATAIRE

COMÉDIE EN CINQ ACTES ET EN VERS

Représentée pour la première fois par les comédiens
français en 1792.

PERSONNAGES

M. DUBRIAGE, le vieux célibataire.
MADAME ÉVRARD, sa gouvernante.
ARMAND, neveu de M. Dubriage, sous le nom de Charla.
LAURE, femme d'Armand.
AMBROISE, intendant de M. Dubriage.
GEORGE, filleul et portier de M. Dubriage.
JULIEN ET SUSON, enfants de George.
CINQ COUSINS de M. Dubriage.

La scène est à Paris, chez M. Dubriage.

LE VIEUX CÉLIBATAIRE

La scène représente, pendant la pièce, un salon.

ACTE PREMIER

SCÈNE PREMIÈRE

CHARLE, *seul*.

Je viens de l'éveiller; il va bientôt paraître.
Allons... il m'est si doux de servir un tel maître!...
Rangeons tout comme hier ; il faut placer ici
Sa table, son fauteuil, son livre favori.
Il aime l'ordre en tout ; et, certain de lui plaire,
Je me fais de ces riens une importante affaire.

SCÈNE II

CHARLE, GEORGE.

GEORGE.

Ah! l'on peut donc enfin vous saisir un moment.
Monsieur Armand.

CHARLE.

Toujours tu me nommes Armand.

Et tu me trahiras.

GEORGE.
Pardon, je vous supplie.

CHARLE.
Charle est mon nom.

GEORGE.
Eh oui ! je le sais, mais j'oublie.
Je m'en ressouviendrai; ne soyez plus fâché.
Pendant que tout le monde est encore couché,
Causons; dites-moi donc bien vite où vous en êtes,
Ce que vous devenez, les progrès que vous faites;
Votre sort en dépend; j'y suis intéressé.

CHARLE.
Eh mais ! je ne suis pas encor très-avancé.
Il faut qu'avec prudence ici je me conduise...
Puis, j'attends qu'en ces lieux ma femme s'introduise,
Pour agir de concert.

GEORGE.
Oui, vous avez raison;
Mais vous voilà du moins entré dans la maison.

CHARLE.
Ah ! comment ! à quel titre ! et combien il m'en coûte !
Moi ! domestique ici !

GEORGE.
C'est un malheur sans doute;
Mais, pour servir son oncle, est-on déshonoré ?
Je le répète encor, c'est beaucoup d'être entré;
Et j'eus, lorsque j'y songe, une idée excellente;
Ce fut de vous offrir à notre gouvernante,
Comme un parent.

CHARLE.
Jamais pourrai-je m'acquitter...?

GEORGE.

Allons !... ce que j'en dis n'est point pour me vanter :
Je ne me prévaux point, mais je vous félicite.
C'est moi qui bien plutôt ne serai jamais quitte.
Votre bon père, hélas ! dont j'étais serviteur,
A pendant dix-huit ans été mon bienfaiteur.
Oui, cher Armand... pardon   mais je vous ai vu naître ;
J'ai vu mourir aussi ma maîtresse et mon maître ;
Jugez si George doit aimer, servir leur fils !

CHARLE.

Pourquoi le ciel sitôt me les a-t-il ravis ?
Ah ! pour m'être engagé par pure étourderie...

GEORGE.

Eh, monsieur, laissez là le passé, je vous prie :
Oui, voyez le présent, et surtout l'avenir.
N'est-il pas fort heureux, il faut en convenir,
Que je sois le filleul de monsieur Dubriage ;
Qu'après deux ou trois mois tout au plus de veuvage,
La gouvernante m'ait, j'ignore encor pourquoi,
Fait venir tout exprès pour être portier. moi,
De sorte que je pusse ici vous être utile ;
Et que depuis trois mois, venu dans cette ville,
Vous me l'ayez fait dire, au lieu de vous montrer ;
Que j'aie imaginé, moi, de vous faire entrer,
Et que madame Évrard, si subtile et si fine,
Vous ait reçu d'abord sur votre bonne mine ?

CHARLE·

Il est vrai...

GEORGE.

                C'est votre air de décence, et surtout
De jeunesse... que sais-je ? Oui, la dame a du goût.

CHARLE.

Souvent, et j'apprécie une faveur pareille,

On dirait qu'elle veut me parler à l'oreille.

GEORGE.

Ne voudrait-elle pas vous faire par hasard
Un tendre aveu ?... Mais non, j'ai tort; madame Évrard!
Elle est d'une sagesse, oh! mais, à toute épreuve.
Cet Ambroise, entre nous, qui, depuis qu'elle est veuve,
Remplace le défunt dans l'emploi d'intendant,
L'aime fort, et voudrait l'épouser; cependant
Avec lui, je le vois, elle est d'une réserve!...

CHARLE.

Je l'observe en effet.

GEORGE.

A propos, moi j'observe
Qu'Ambroise vous hait fort.

CHARLE.

Rien n'est moins surprenant:
Avec mon oncle même il est impertinent:
Puis il craint, entre nous, que je ne le supplante.

GEORGE.

Écoutez donc, monsieur! sa place est excellente:
Et vraiment mon parrain vous aime tout à fait,
Sans vous connaître encor.

CHARLE.

Je le crois en effet,
George, et c'est un grand point: oui, ce seul avantage
Me flatte beaucoup plus que tout son héritage.
Pourvu que je lui plaise, il m'importe fort peu
Que ce soit le valet, que ce soit le neveu;
Si je ne touche un oncle, au moins j'égaye un maître.

GEORGE.

A de tels sentiments j'aime à vous reconnaît:.

CHARLE.

Au fait, depuis trois mois que j'habite en ces lieux,

D'abord, sous un faux nom j'ai trouvé grâce aux yeux
D'un oncle qui me hait sous mon nom véritable.
Ajoute que j'ai su rendre douce et traitable
Madame Évrard, qui, grâce à mon déguisement,
Semble sourire à Charle en détestant Armand.
Voilà trois mois fort bien employés.

GEORGE.

Oui, courage,
Madame votre épouse achèvera l'ouvrage.

SCÈNE III

CHARLE, GEORGE, LE PETIT JULIEN.

GEORGE.

Eh ! que veux-tu, Julien ?

JULIEN, regardant autour de lui.

Moi, papa ?

GEORGE.

Qu'as-tu, là ?

JULIEN, remettant une lettre.

C'est mon cousin Pascal qui m'a remis cela,
Sans me rien dire, et puis, d'une vitesse extrême,
Crac, il s'en est allé; moi, je m'en vais de même...
Car si monsieur Ambroise arrivait .. ah ! bon Dieu !...
Au revoir, monsieur Charle.

CHARLE, affectueusement.

Oui, Julien... sans adieu.
(Julien sort.)

SCÈNE IV.

CHARLE, GEORGE.

CHARLE.

Il est gentil !... Eh bien, quelle est donc cette lettre ?

GEORGE.

(*Ouvrant la lettre.*)

Je me doute que c'est... Vous voulez bien permettre?

CHARLE.

Eh! lis.

GEORGE.

C'est le billet que j'attendais.

CHARLE.

Lequel?

GEORGE.

Oui, le certificat de ce maître d'hôtel,
Du vieux ami d'Ambroise.

CHARLE.

Ah! de monsieur Lagrange.

Eh bien!

GEORGE.

Eh bien, monsieur, grâce au ciel; tout s'arrange,
Comme vous allez voir.

(*Il donne la lettre à Charle.*)

CHARLE, *lisant.*

« Mon cher Ambroise... » Eh, quoi?

GEORGE.

La lettre est pour Ambroise, et vous verrez pourquoi.

CHARLE, *continuant de lire.*

« J'ai su que vous cherchiez une jeune servante,
Qui tint lieu de second à votre gouvernante.
J'ai trouvé votre affaire, un excellent sujet; _
C'est celle qui vous doit remettre ce billet;
Vous en serez content; elle est bien née, et sage,
Et docile: peut-être à son apprentissage...
Mais sous madame Évrard elle se formera;
Je vous la garantis, mon cher... » *et cœtera.*

GEORGE.

Sous l'habit de servante, il fait entrer la nièce.

CHARLE.

Voilà, mon ami George, une excellente pièce.

GEORGE.

Vous pensez bien qu'avec un pareil passeport
Madame votre épouse est admise d'abord.

CHARLE.

Oui, j'ose l'espérer. Tu me combles de joie.
Pour l'aimer, il suffit que mon oncle la voie,
Qu'il l'entende un moment. Tu ne la connais pas.

GEORGE.

Si fait.

CHARLE.

Eh! oui, tu sais qu'elle a quelques appas:
Mais tu ne connais point cet esprit, cette grâce,
Qui m'ont d'abord touché. Je la vis en Alsace,
A Colmar. J'y servais: car je n'ai jamais pu
Achever un récit souvent interrompu.
J'avais eu le bonheur d'être utile à son père:
Cela seul me rendit agréable à la mère.
Sans savoir qui j'étais, on m'estimait déjà;
Je me nommai; le père alors me dégagea,
Me fit son gendre. Eh bien, j'ai toujours chez ma femme
Trouvé même douceur et même bonté d'âme.
Je regrettais mon oncle; elle me suit d'abord:
Ici, comme à Colmar, elle bénit son sort.
Que lui faut-il de plus? elle travaille et m'aime.
Si mon oncle la voit, il l'aimera lui-même:
J'oserais en répondre. Encor quelques instants,
Et nos maux sont finis: je me tais et j'attends.

GEORGE.

Je fais la même chose aussi, je dissimule.

Dans le commencement je m'en faisais scrupule ;
Mais, en fermant les yeux, je vous ai mieux servi.
J'ai donc feint d'ignorer que chacun à l'envi,
Dans la maison, volait, pillait à sa manière :
Sans parler des envois de notre cuisinière,
Qui né fait que glaner ; madame Evrard tout bas,
Moissonne, et chaque jour amasse argent, contrats.
Ambroise est possesseur d'une maison fort grande,
Achetée aux dépens de qui ? je le demande ;
Chaque jour il y met un nouveau meuble ; aussi
Je vois que chaque jour il en manque un ici :
De façon que bientôt, si cela continue,
L'une sera garnie et l'autre toute nue.

CHARLE.

Je leur pardonnerais tout cela de bon cœur,
S'ils avaient de mon oncle au moins fait le bonheur ;
Mais ce qui me désole est de voir que les traîtres
Le volent, et chez lui font encore les maîtres !
Pauvre oncle ! il sent son mal ; et je vois à regret
Que, s'il n'ose se plaindre, il gémit en secret.

SCÈNE V

CHARLE, GEORGE, Madame ÉVRARD.

GEORGE, bas à Charle.

Voici madame Evrard : oh ! comme à votre vue,
Elle se radoucit !

CHARLE, bas.

(Haut.)
Paix donc !... Je vous salue,

Madame.

GEORGE, *avec force révérences*.

J'ai l'honneur...

MADAME ÉVRARD, *à Charle*.

Ah! bonjour, mon ami.

(*A George.*)

Que fais-tu là?

GEORGE.

Pendant qu'on était endormi,

Nous causions.

MADAME ÉVRARD.

Va causer en bas.

GEORGE.

C'est moi qu'on blâme.

Et c'est lui qui toujours me parle de madame.

MADAME ÉVRARD.

De moi? que disait-il?

GEORGE.

Que vous embellissiez,

Qu'il semblait chaque jour que vous rajeunissiez.

MADAME ÉVRARD.

Oui, Charle dit toujours des choses délicates;

Mais il est trop galant, ou c'est toi qui me flattes;

Descends, et garde bien ta porte.

GEORGE.

Oh! Dieu merci,

L'on sait un peu...

MADAME ÉVRARD.

Ne laisse entrer personne ici

Sans m'avertir.

GEORGE.

Non, non.

MADAME ÉVRARD.

Surtout pas une lettre,
Qu'à moi seule d'abord tu ne viennes remettre.

GEORGE.

Oh non ! je ne crois pas qu'on écrive à présent.

MADAME ÉVRARD.

Il n'importe. Va donc.

(George sort.)

SCÈNE VI

MADAME ÉVRARD, CHARLE.

MADAME ÉVRARD, à part, pendant que Charle range
dans la chambre.

George est un bon enfant ;
Mais sur de telles gens quel fond pourrait-on faire ?
Pour Ambroise, sa marche à la mienne est contraire ;
Et c'est le dernier homme à qui je me fîrais..
Si j'intéressais Charle à mes desseins secrets,
Il me plaît ; monsieur l'aime ; il a de la prudence,
De l'esprit : mettons-le dans notre confidence...
    (Haut.)
Comment vous trouvez-vous ici ?

CHARLE.

Fort bien, ma foi,
Et je serais tenté de me croire chez moi.

MADAME ÉVRARD.

Allez, soyez toujours honnête et raisonnable :
Cette maison pour vous sera très-agréable.
Monsieur semble déjà vous voir d'assez bon œil.

CHARLE.

C'est à vous que je dois ce favorable accueil.

MADAME ÉVRARD.

Je possède, il est vrai, toute sa confiance.

CHARLE.

C'est le fruit du talent et de l'expérience,
Madame.

MADAME ÉVRARD.

Ce fruit-là je l'ai bien acheté :
Hélas ! si vous saviez ce qu'il m'en a coûté,
Depuis dix ans entiers que j'habite ici !...

(Se recueillant un moment, et regardant
autour d'elle.)

Charle.

Il faut à cœur ouvert enfin que je vous parle;
Car vous m'intéressez : vous êtes doux, prudent,
Discret ; et comme on a besoin d'un confident
Qui vous ouvre son cœur, et lise au fond du vôtre,
Et que vous n'êtes point un laquais comme un autre...

CHARLE.

Non : j'espère qu'un jour vous le reconnaîtrez.

MADAME ÉVRARD.

Écoutez donc, mon cher : et bientôt vous verrez
Tout ce qu'il m'a fallu de courage et d'adresse
Pour être en ce logis souveraine maîtresse.
Nous avons fait tous deux jouer plus de ressorts,
Mon pauvre Évrard et moi... ! (car il vivait alors :
Depuis bientôt deux ans, cher monsieur, je suis veuve :

(Essuyant ses yeux.)

Et c'est avoir passé par une rude épreuve !...)
Nous avons de concert banni tous les voisins,
Les amis, les parents, jusqu'aux derniers cousins.

CHARLE.

A la fin, vous voici maîtresse de la place.

MADAME ÉVRARD.

Reste encore un neveu, mais un neveu tenace..

CHARLE.

Monsieur, comme je vois, n'a point d'enfants!

MADAME ÉVRARD.

Aucun.

CHARLE.

Il a donc des neveux, madame?

MADAME ÉVRARD.

Il n'en a qu'un;
Mais ce neveu tout seul me donne plus de peine...!
C'est que je vois de loin où tout ceci nous mène.
S'il rentre, c'est à moi de sortir.

CHARLE.

En effet.

MADAME ÉVRARD.

Aussi pour l'écarter Dieu sait ce que j'ai fait!
Mon intrigue et mes soins remontent jusqu'au père.
Monsieur n'eut qu'un beau-frère : il l'aimait!...

CHARLE.

Comme un frère

MADAME ÉVRARD.

Les brouiller tout à fait eût été trop hardi;
Mais pour le frère au moins je l'ai bien refroidi.

CHARLE.

J'entends.

MADAME ÉVRARD.

Contre un absent on a tant d'avantage!
Le sort à celui-ci ravit son héritage.
Je traitai ses revers d'inconduite : on me crut.

CHARLE.

Ah, fort bien.

MADAME ÉVRARD.

Jeune encor, grâce au ciel, il mourut,

CHARLE. à part.

Hélas!

MADAME ÉVRARD.

Qu'avez-vous?

CHARLE.

Rien

MADAME ÉVRARD.

            Laissant un fils unique,

Ce neveu que je crains.

CHARLE.

        Que vous...? Terreur panique!

C'est à lui de vous craindre.

MADAME ÉVRARD.

          Oui, peut-être aujourd'hui;

Mais l'oncle alors sans moi l'eût rapproché de lui.

« Son entretien sera moins coûteux en province,

Lui dis-je; chargez-m'en. » L'entretien fut très-mince,

Comme vous pouvez croire. Il se découragea;

Il jeta les hauts cris; enfin il s'engagea.

C'est où je l'attendais. Je sus avec finesse

Exagérer ce tort, ce vrai tour de jeunesse;

Et monsieur l'excusait encore.

CHARLE.

           Il est si bon!

MADAME ÉVRARD.

Mon jeune homme écrivit pour demander pardon :

Je supprimai la lettre, et vingt autres messages...

J'en ai mon coffre plein.

CHARLE.

       Précautions fort sages!

MADAME ÉVRARD.

J'en ai lu deux ou trois; mais exprès, entre nous,

Avec un commentaire.

CHARLE.

       Oh ! je m'en fie à vous!

MADAME ÉVRARD.

Il se perdit lui-même.

CHARLE.

Et comment, je vous prie ?

MADAME ÉVRARD.

Par inclination enfin il se marie,
L'an dernier, à l'insu de son oncle.

CHARLE.

A l'insu ?

Il n'avait point écrit ?

MADAME ÉVRARD.

Monsieur n'en a rien vu.

Moi j'ai peint tout cela d'une couleur affreuse,
Et la femme, entre nous, comme une malheureuse,
Sans état, sans aveu. L'oncle enfin éclata ;
Et l'indignation à son comble monta ;
De malédictions il chargea le jeune homme,
Et même il ne veut plus désormais qu'on le nomme.

CHARLE, *se contenant à peine.*

Tout cela me paraît on ne peut mieux conduit.
Ainsi de vos travaux vous recueillez le fruit.

MADAME ÉVRARD, *regardant encore si personne
n'écoute.*

Pas tout à fait : je vais vous confier encore
Un secret délicat, qu'Ambroise même ignore.
Le dessein est hardi : j'ose me proposer,
Pour tenir mieux mon maître...

CHARLE.

Eh bien ?

MADAME ÉVRARD.

De l'épouser.

CHARLE.

D'épouser !... En effet, j'admire la hardiesse...

MADAME ÉVRARD.

Jusque-là je craindrai le neveu. Quelque nièce...

CHARLE.

J'entends. Vous avez donc un peu d'espoir?

MADAME ÉVRARD.

Un peu.

Depuis un an je cache adroitement mon jeu.
D'abord, parler d'hymen à qui ne voit personne,
C'est assez me nommer.

CHARLE.

La conséquence est bonne.

MADAME ÉVRARD.

Je lui fais de l'hymen des portraits enchanteurs;
Je lis, comme au hasard, des endroits séducteurs;
Là je fais une pause, afin qu'il les savoure.

CHARLE.

A merveille!

MADAME ÉVRARD.

D'enfants à dessein je l'entoure.
J'ai fait venir exprès son filleul, le portier,
Pour lui cette maison étant le monde entier,
De ces joyeux époux les touchantes tendresses,
Les jeux de leurs enfants, leurs naïves caresses,
Tout cela, par degrés, l'attache, l'attendrit,
Pénètre dans son cœur, ébranle son esprit;
Et, quand il est tout seul, ces images chéries
Lui doivent inspirer de tendres rêveries.
J'en suis là, mon ami.

CHARLE.

Mais c'est déjà beaucoup.

MADAME ÉVRARD.

Ce n'est pas tout : il faut frapper le dernier coup.
Charle, seul avec vous quand monsieur s'ouvre, cause,

S'il soupire et paraît regretter quelque chose,
Alors insinuez qu'il est bien isolé,
Que par une compagne il serait consolé;
Peignez-moi, j'y consens, sous des couleurs riantes:
Dites que j'ai des traits, des façons attrayantes,
Du maintien, de l'esprit, des talents variés;
Que je suis fraîche encore... enfin vous me voyez,
Dites, si vous voulez, que j'ai l'air d'une dame;
Qu'en entrant, de monsieur vous me crûtes la femme...

CHARLE.

Volontiers.

MADAME ÉVRARD.

En un mot, vous avez de l'esprit,
Et je compte sur vous.

CHARLE.

Oui, madame, il suffit.

MADAME ÉVRARD.

Vous m'entendez donc bien?

CHARLE.

Rassurez-vous, de grâce.
Je dirai... ce qu'enfin vous diriez à ma place.

MADAME ÉVRARD.

Je ne suis point ingrate, au reste; et soyez sûr
Qu'un salaire...

CHARLE.

Croyez qu'un motif bien plus pur...

MADAME ÉVRARD.

Paix !... j'aperçois monsieur.

SCÈNE VII

M. DUBRIAGE, Madame ÉVRARD, CHARLE.

M. DUBRIAGE.
C'est vous? bonjour, madame!

MADAME ÉVRARD, *très-tendrement.*
Monsieur, je vous salue, et de toute mon âme.

CHARLE.
Votre humble serviteur.

M. DUBRIAGE.
Vous voilà, mon ami?

MADAME ÉVRARD.
Vous paraissez rêveur... Auriez-vous mal dormi?

M. DUBRIAGE.
Moi? très-bien.

MADAME ÉVRARD.
Je ne sais... mais je suis clairvoyante,
Et vous aviez hier la mine plus riante.

M. DUBRIAGE.
Croyez-vous? Cependant j'ai toujours ri fort peu.

MADAME ÉVRARD.
Je m'en vais parier que c'est votre neveu
Qui cause en ce moment votre sombre tristesse.
Avouez-le.

M. DUBRIAGE.
Il est vrai qu'il m'occupe sans cesse;
Et même cette nuit, mes amis, j'y songeais.

MADAME ÉVRARD.
Il vous aura donné quelques nouveaux sujets...?

M. DUBRIAGE.
Non.

MADAME ÉVRARD.

Et pourquoi, dans ce cas, y songez-vous encore?
Depuis plus de huit ans l'ingrat vous déshonore;
Oubliez-le, monsieur; sachez vous égayer.

M. DUBRIAGE.

Ah! je puis le haïr, mais jamais l'oublier.

MADAME ÉVRARD.

Laissez, encore un coup, ces plaintes éternelles.
Ne voyez plus que nous, vos serviteurs fidèles;
Ambroise, Charle et moi, dévoués et soumis,
Vous tiendrons lieu tous trois de parents et d'amis.
       (Prenant la main de M. Dubriage.)
Mais de tous mes emplois il faut que je m'acquitte;
C'est pour songer encore à vous que je vous quitte.

M. DUBRIAGE.

Fort bien!

MADAME ÉVRARD.

       Charle vous reste, il saura converser.

CHARLE.

Heureux, si je pouvais jamais vous remplacer!

MADAME ÉVRARD, bas à Charle.

Songez à notre plan.

CHARLE, bas à madame Évrard.

       Oui, j'y songe, madame.
              (Madame Évrard sort.)

SCÈNE VIII

M. DUBRIAGE, CHARLE.

M. DUBRIAGE.

Cette madame Évrard est une digne femme;
Elle a bien soin de moi.

CHARLE.

Monsieur... certainement...
Mais qui n'aurait pour vous le même empressement?

M. DUBRIAGE.

Oh! je ne suis pas moins content de ton service,
Charle.

CHARLE.

Monsieur, je suis peut-être un peu novice?

M. DUBRIAGE.

Non.

CHARLE.

Le désir de plaire est si propre à former!
Et l'on sert toujours bien ceux que l'on sait aimer.

M. DUBRIAGE.

Chaque mot que tu dis me touche, m'intéresse.

CHARLE.

Puissé-je quelque jour gagner votre tendresse!

M. DUBRIAGE.

Elle t'est bien acquise: oui.. je ne sais pourquoi
J'ai vraiment du plaisir à causer avec toi :
Ce n'est qu'avec toi seul que je suis à mon aise.

CHARLE.

Heureux qu'en moi, monsieur, quelque chose vous plaise!

M. DUBRIAGE.

Mon cœur est plein; il a besoin de s'épancher.
Autour de moi j'ai beau jeter les yeux, chercher;
Je n'ai pas un ami dans toute la nature,
Pour verser dans son sein les peines que j'endure.

CHARLE.

Les peines!... quoi, monsieur! vous en auriez?

M. DUBRIAGE.

Hélas!

Je te parais heureux, et je ne le suis pas.

CHARLE.

Cependant...

M. DUBRIAGE.

Tu le vois, je suis seul sur la terre,

Triste...

CHARLE.

Seul, dites-vous ?

M. DUBRIAGE.

Oui, je suis solitaire.

Ah ! pourquoi, jeune encore, au moins dans l'âge mûr
Ne faisais-je pas choix d'une femme !

CHARLE.

Il est sûr

Que, pour se préparer une heureuse vieillesse,
Il faut à ces doux nœuds consacrer sa jeunesse.

M. DUBRIAGE.

Je le vois à présent. Je voudrais... vœux tardifs !

CHARLE, à part.

(Haut.)

Hélas !... Vous eûtes donc, monsieur, quelques motifs
Pour vous soustraire au joug de l'hymen ?

M. DUBRIAGE.

Oui, sans doute,

J'en eus que je croyais très-solides. Écoute :
J'avais dans mon commerce un jeune associé ;
Par inclination il s'était marié :
Sa femme fit dix ans le tourment de sa vie.
Ce tableau, vu de près, me donnait peu d'envie
D'en faire autant.

CHARLE.

Sans doute, il pouvait faire peur.

M. DUBRIAGE.

Quand j'aurais eu l'espoir de faire un choix meilleur.

Sous les yeux d'un ami, cette union heureuse
Aurait rendu la sienne encore plus affreuse.
Il mourut. D'un commerce entre nous partagé,
Chargé seul, à l'hymen dès lors j'ai peu songé :
Je quittai le commerce.

CHARLE.

Enfin vous étiez maître,

Libre...

M. DUBRIAGE.

En me mariant, j'aurais cessé de l'être.
L'hymen est un lien.

CHARLE.

Soit. Convenez aussi
Qu'il est doux quelquefois d'être liés ainsi :
Monsieur !... pour se soustraire à cette servitude,
Souvent on en rencontre encore une plus rude...

M. DUBRIAGE.

Puis, sur un autre point j'eus l'esprit combattu.
Les femmes... (sans parler ici de leur vertu,
J'aime à croire qu'à tort souvent on les décrie);
Mais conviens qu'elles sont d'une coquetterie,
D'un luxe...! Telle femme est charmante, entre nous,
Dont on serait fâché de devenir l'époux;
Tel mari semble heureux qui, dans le fond de l'âme,
Gémit...

CHARLE.

Mais, en revanche, il est plus d'une femme,
Modeste en ses désirs et simple dans ses goûts,
Qui met tout son bonheur à plaire à son époux.

M. DUBRIAGE.

Soit. En est-il beaucoup ?

CHARLE.

Plus qu'on ne croit peut-être :

Moi qui vous parle, j'ai le bonheur d'en connaitre.

M. DUBRIAGE.

Du ménage, mon cher, j'ai craint les embarras,
Les tracas, les soucis...

CHARLE.

         Mais où n'en a-t-on pas?
Une famille au moins qui vous plaît, qui vous aime.
Vous fait presque chérir cet embarras-là même ;
Au lieu qu'un alentour mercenaire, étranger,
Vous embarrasse aussi, sans vous dédommager;
On a l'ennui de plus.

M. DUBRIAGE.

         Voilà ce que j'éprouve:
Et c'est précisément l'état où je me trouve ;
Et, tiens, mes gens me sont fort attachés, je crois,
Mais je les vois tous prendre un ascendant sur moi...!

CHARLE.

En effet...

M. DUPRIAGE.

         Jusqu'au vif, vois-tu, cela me blesse:
Et parfois je voudrais, honteux de ma faiblesse,
Secouer un tel joug. A cet Ambroise j'ai,
Oui, j'ai cinq ou six fois déjà donné congé :
Je le reprends toujours; car s'il a l'humeur vive,
Il est brave homme au fond. Parfois même il m'arrive
D'avoir des démêlés avec madame Évrard,
De lui faire sentir enfin que tôt ou tard
Elle pourrait . Mais quoi, j'ai si peu de courage!
Elle baisse d'un ton, laisse passer l'orage,
Et bientôt me gouverne encor plus sûrement.

         CHARLE

Je sens cela.

M. DUBRIAGE.

Mets-toi dans ma place un moment.
Un garçon, un vieillard isolé dans le monde...
Car tu ne conçois pas ma retraite profonde.
Je n'avais qu'un neveu, qui m'eût pu consoler
Dans mes maux... et c'est lui qui vient les redoubler !

CHARLE.

Ce neveu... pardonnez... il est donc bien coupable?

M. DUBRIAGE.

Lui, coupable? il n'est rien dont il ne soit capable,
Si tu savais...! Mais non, laissons ce malheureux.

CHARLE.

Ah ! s'il vous a déplu, son sort doit être affreux.

M. DUBRIAGE.

Il rit de mes chagrins.

CHARLE.

Il rirait de vos peines?
Il se ferait un jeu de prolonger les siennes?
Ce jeune homme à ce point n'est pas dénaturé :
J'en puis juger par moi, dont le cœur est navré...

M. DUBRIAGE.

C'est que vous êtes bon, vous, délicat, sensible;
Mais Armand n'a point d'âme.

CHARLE.

O ciel! est-il possible?
Quoi?... cet Armand, monsieur, le connaissez-vous bien!

M. DUBRIAGE.

Trop, par ses actions. D'abord, comme un vaurien,
Il s'engage.

CHARLE.

Il eut tort; mais ça n'est pas un crime
Qui le doive à jamais priver de votre estime.

M. DUBRIAGE.

Et dans sa garnison, comment s'est-il conduit?

CHARLE.

En êtes-vous certain?

M. DUBRIAGE.

Je suis trop bien instruit;
Et ses lettres!...

CHARLE.

Eh bien?

M. DUBRIAGE.

Étaient d'une insolence!...
Il m'écrivait un jour, j'en frémis quand j'y pense,
Qu'il viendrait, qu'il mettrait le feu dans la maison...

CHARLE.

Ah! mon Dieu! quelle horreur et quelle trahison!

M. DUBRIAGE.

Toi-même es indigné...

CHARLE, *faisant un effort pour se contenir.*

Voulez-vous bien permettre,
Monsieur...? Avez-vous lu vous-même cette lettre?

M. DUBRIAGE.

Non. C'est madame Évrard : encore, par pitié,
Elle me faisait grâce au moins de la moitié.
Puis, sans parler du reste, un mariage infâme...

CHARLE.

(*Se reprenant et à part.*)
Infâme, dites-vous? Laissons venir ma femme.
(*Haut.*)
Ah! si l'on vous trompait!...

M. DUBRIAGE

Et qui donc?

CHARLE.

Je ne sais...

Mais quoi ! je ne puis croire à de pareils excès :
Non, Armand...

M. DUBRIAGE.

Paix. Jamais ne m'en ouvrez la bouche.
(*Se radoucissant.*)
Entendez-vous ? Au fond, ton zèle ardent me touche,
Mon ami, je l'avoue : il annonce un bon cœur;
On ne saurait plaider avec plus de chaleur.

CHARLE.

Je parle pour vous-même : oui, bon comme vous êtes,
Cette colère ajoute à vos peines secrètes.

M. DUBRIAGE.

Bon Charle !

CHARLE.

Permettez que je sorte un moment,
Pour une affaire.

M. DUBRIAGE.

Oui, sors: mais reviens promptement.
(*M. Dubriage rentre chez lui.*)

SCÈNE IX

CHARLE, *seul.*

Allons chercher ma femme : il est temps, l'heure presse
Et plus tôt que plus tard il faut qu'elle paraisse.
(*Il sort.*)

FIN DU PREMIER ACTE.

ACTE SECOND

—

SCÈNE PREMIÈRE

M. DUBRIAGE, *seul, un livre à la main.*

Que ce mot est bien dit ! consolant écrivain,
D'adoucir mes ennuis tu t'efforces en vain.
« On commence à jouir, dis-tu, dès qu'on espère : »
Je jouirais aussi déjà, si j'étais père ;
Mais pour un vieux garçon il n'est point d'avenir.
   (*Fermant le livre.*)
Rien ne m'amuse plus. Il faut en convenir,
Je ne me suis jamais amusé de ma vie ;
Mais, aujourd'hui surtout, je sens que je m'ennuie.
C'est qu'il est des moments où je me trouve seul,
Et porterais, je crois, envie à mon filleul.
Cette réflexion est un peu trop tardive :
Dans l'état où je suis il faut bien que je vive...
Ils m'abandonnent tous... je ne sais ce qu'ils font...
   (*Appelant.*)
Madame Évrard !... Ambroise ! .. Aucun d'eux ne répond,
Pour Charle, il est sorti sûrement pour affaires ·
   (*Il s'assied.*)
Je ne saurais me plaindre, il ne me quitte guères.

SCÈNE II

M. DUBRIAGE, GEORGE.

GEORGE, *de loin, à part.*

Ils sont sortis, entrons.

M. DUBRIAGE, *se croyant seul encore.*

Oui, j'ai moins de chagrin
Quand Charle est avec moi ; nous causons.

GEORGE, *toujours de loin et à part.*

Bon parrain !
Il parle, et n'a personne, hélas ! qui lui réponde :
Approchons.

M. DUBRIAGE.

C'est toi, George ? où donc est tout le monde ?

GEORGE.

Tout le monde est dehors.

M. DUBRIAGE.

Madame Évrard aussi ?

GEORGE.

Elle aussi :   chacun a ses affaires. ici.
Et moi, de leur absence, entre nous, je profite
Pour vous faire, monsieur, ma petite visite :
Je ne vous ai point vu depuis hier au soir.

M. DUBRIAGE.

Moi, j'ai, de mon côté, grand plaisir à te voir.

GEORGE.

Vous êtes tout pensif.

M. DUBRIAGE.

C'est cette solitude.

GEORGE.

Vous devez en avoir contracté l'habitude.

LE VIEUX CÉLIBATAIRE.

M. DUBRIAGE.

On a peine à s'y faire,... et le temps aujourd'hui
Est sombre : tout cela me donne un peu d'ennui.

GEORGE.

Vous êtes malheureux : jamais je ne m'ennuie :
Qu'il fasse froid ou chaud, du soleil, de la pluie,
Tout cela m'est égal, je suis toujours content.

M. DUBRIAGE.

Je le vois.

GEORGE.

      Je bénis mon sort à chaque instant :
Car, si je suis joyeux, j'ai bien sujet de l'être :
D'abord, j'ai le bonheur de servir un bon maître,
Un cher parrain : ensuite, à l'emploi de portier
J'ai, comme de raison, joint un petit métier :
Une loge ne peut occuper seule un homme;
Et puis, écoutez donc, cela double la somme.
Je fais tout doucement ma petite maison,
Et j'amasse en été pour l'arrière-saison.

M. DUBRIAGE.

C'est bien fait. D'être heureux ce George fait envie.

GEORGE.

Ajoutez à cela le charme de la vie,
Une femme; la mienne est un petit trésor;
Elle a trente ans; je crois qu'elle embellit encor. [che :
Point d'humeur; elle est gaie, elle est bonne, elle est fran-
Elle aime son cher George!... Oh! j'ai bien ma revanche!
Dame, c'est qu'elle a soin du père, des enfants!...
Aussi, sans nous vanter, les marmots sont charmants,
Sans cesse autour de moi l'on passe, l'on repasse;
C'est un mot, un coup d'œil : et cela me délasse.

M. DUBRIAGE.

Mais cela te dérange.

GEORGE.

Un peu; mais le plaisir!...
Il faut bien se donner un moment de loisir :
Cela n'empêche pas que la besogne n'aille ;
Car moi, tout en riant, en causant, je travaille (1).
Mais, quand le soir, bien tard, les travaux sont finis,
Et qu'autour de la table on est tous réunis
(Car la petite bande, à présent, soupe à table),
Si vous saviez, monsieur, quel plaisir délectable !
Je me dis quelquefois : « Je ne suis qu'un portier ;
Mais souvent dans la loge on rit plus qu'au premier. »

M. DUBRIAGE.

Chacun est dans ce monde heureux à sa manière.

GEORGE.

Ah ! la nôtre est la vraie, et vous ne l'êtes guère,
Heureux ! C'est votre faute aussi ; car, entre nous,
Pourquoi rester garçon? Il ne tenait qu'à vous,
Dans votre état, avec une grosse fortune,
De trouver une femme, et dix mille pour une.

M. DUBRIAGE.

Que veux-tu?... j'ai toujours aimé le célibat.

GEORGE.

Célibat, dites-vous ! c'est donc là votre état ?
Triste état, si par là, comme je le soupçonne,
On entend n'aimer rien, ne tenir à personne !
Vive le mariage ! Il faut se marier,
Riche ou non : et tenez je m'en vais parier
Que si quelqu'un offrait au plus pauvre des hommes
Un hôtel, un carrosse, avec de grosses sommes,
Pour qu'il vécût garçon, il dirait : « Grand merci !
Plutôt que d'être riche, et que de l'être ainsi,
J'aime cent fois mieux vivre au fond de la campagne,
Pauvre, grattant la terre, auprès d'une compagne. »

(1) Il indique par son geste le métier de tailleur.

M. DUBRIAGE.

Assez.

GEORGE.

Ce que j'en dis, c'est par pure amitié;
C'est que, vraiment, monsieur, vous me faites pitié.

M. DUBRIAGE.

Pitié, dis-tu?

GEORGE.

Pardon : c'est qu'il est incroyable
Que moi, qui près de vous ne suis qu'un pauvre diable,
Sois plus heureux pourtant : c'est un chagrin que j'ai.

M. DUBRIAGE.

De ta compassion je te suis obligé;
Mais changeons de sujet.

(Il se lève.)

GEORGE.

Très-volontiers. Encore,
Si, pour charmer, monsieur, l'ennui qui vous dévore,
Vous aviez près de vous quelque proche parent !...

M. DUBRIAGE.

Oui ! tu vois mon neveu !...

GEORGE.

Mais cela me surprend;
Et, vraiment, je ne puis du tout le reconnaître.

M. DUBRIAGE.

A propos, tu l'as vu longtemps?

GEORGE.

Je l'ai vu naître,
Depuis, pendant dix ans, j'ai vécu près de lui.

M. DUBRIAGE.

Dis-moi, George, d'après ce qu'il est aujourd'hui,
Il devait donc avoir un bouillant caractère?

GEORGE.

Eh ! non, il était doux.

M. DUBRIAGE.

Bon !

GEORGE.

A ne vous rien taire,
Moi, je ne saurais croire à ce grand changement :
Il faut qu'on l'ait...

M. DUBRIAGE.

Tu dis qu'il était doux ?

GEORGE.

Charmant !

Sa mère ne pouvait se passer de sa vue.
Hélas ! son plus grand tort est de l'avoir perdue.
Un oncle lui restait ; mais il ne l'a point vu.

M. DUBRIAGE, *à part.*

Hélas !

GEORGE.

Abandonné dès lors au dépourvu...

M. DUBRIAGE, *voyant venir Ambroise.*

Chut !

SCÈNE III

M. DUBRIAGE, GEORGE, AMBROISE.

M. DUBRIAGE.

Qu'est-ce ?

AMBROISE, *toujours d'un ton rude.*

De l'argent, monsieur, qu'on vous apporte,
Cent bons louis : tenez.

M. DUBRIAGE.

La somme n'est pas forte :

Mais enfin cet argent va me faire du bien:
Car, depuis très-longtemps, je ne touchais plus rien.

AMBROISE.

Est-ce ma faute, à moi? croyez-vous que je touche?
Aucun fermier ne paye : ils ont tous à la bouche
Le mot *grêle*.

M. DUBRIAGE.

Hélas! oui.

AMBROISE.

Vous-même le premier,
Si je laisse monter, par hasard, un fermier,
Vous lui remettez tout.

M. DUBRIAGE.

C'est naturel; je pense.

AMBROISE.

Mais il faut cependant fournir à la dépense.
Saint-Brice avait besoin de réparations ;
J'ai fait à Montigny des augmentations ;
Aussi, de plus d'un an, vous ne toucherez guères.
Peut-être croyez-vous que je fais mes affaires;
La vérité pourtant est que j'y mets du mien.

GEORGE, *à part.*

Bon apôtre !

AMBROISE, *à George.*

Plaît-il?

GEORGE.

Qui, moi? je ne dis rien.

AMBROISE.

Encore ici! c'est donc au premier que tu loges?
Ton assiduité mérite des éloges.

GEORGE.

J'entretenais monsieur, et voulais l'amuser :

En faveur du motif, on doit bien m'excuser.

AMBROISE.

Et ton poste ?

GEORGE.

Ma femme est en bas.

AMBROISE.

Il n'importe.
Je veux t'y voir aussi; va, retourne à ta porte.

M. DUBRIAGE, à *Ambroise.*

Vous lui parlez, je crois, un peu trop durement.

AMBROISE.

(*A George.*)
Chacun a sa manière. Allons, vite.

M. DUBRIAGE.

Un moment.

GEORGE.

Si monsieur me retient, je puis rester, je pense.

AMBROISE.

Tu fais le raisonneur !

GEORGE.

Est-ce vous faire offense
Que de venir un peu causer ?

AMBROISE.

Offense ou non,
Descends.

M. DUBRIAGE.

Vous le prenez, Ambroise, sur un ton... !

AMBROISE.

Fort bien ! Ce cher filleul, toujours on le protége !
Il a beau me manquer...

GEORGE.

En quoi donc vous manqué-je ?

AMBROISE.

En désobéissant.

GEORGE.

Mais à qui, s'il vous plaît ?
Vous n'êtes point mon maître : et c'est monsieur qui l'est.

M. DUBRIAGE.

Eh oui, moi seul !

AMBROISE.

Comment ?

SCÈNE IV

M. DUBRIAGE, GEORGE, AMBROISE,
Madame ÉVRARD.

MADAME ÉVRARD.

Ambroise encor s'emporte,
Je gage ?

M. DUBRIAGE.

Oui, beaucoup trop.

AMBROISE.

Je veux que George sorte,
Descende : il me résiste, et monsieur le soutient.
Voilà, tout uniment, d'où notre débat vient.

MADAME ÉVRARD.

D'un tapage si grand, comment, c'est là la cause !

M. DUBRIAGE.

Ah ! je suis plus choqué du ton que de la chose.

MADAME ÉVRARD, à M. Dubriage.

Vous avez bien raison ; mais vous le connaissez,
Ce cher homme... Il est vif.

AMBROISE.

Eh ! morbleu !...

MADAME ÉVRARD, *à Ambroise.*

Finissez.

George est un bon enfant, et va, je le parie,

(*A George, d'un ton d'amitié.*)

Se rendre le premier. Là, descends, je te prie.

GEORGE.

Eh! oui, je descends.

MADAME ÉVRARD.

Bon.

GEORGE, *à part, en s'en allant.*

Oh! que j'ai de chagrin

De voir ces deux fripons maîtriser mon parrain!

(*Il sort.*)

SCÈNE V

M. DUBRIAGE, MADAME ÉVRARD, AMBROISE.

MADAME ÉVRARD.

Vous avez tort, Ambroise, il faut que je le dise;
Et vous êtes brutal, à force de franchise.

M. DUBRIAGE, *encore ému.*

Je suis bon; mais aussi c'est trop en abuser.

MADAME ÉVRARD, *à Ambroise.*

Sur ce point, je ne puis vraiment vous excuser,
Vous êtes droit, loyal; mais jamais, je le pense,
D'être doux et soumis cela ne nous dispense.

AMBROISE.

Eh! qui vous dit, madame...?

M. DUBRIAGE.

Il s'emporte d'abord;

Il me tient des propos.... et devant George encor!

MADAME ÉVRARD.

Cela n'est pas croyable... Ambroise !...

AMBROISE.

Je vous jure

Que c'est dans la chaleur...

MADAME ÉVRARD.

Oh! oui, je vous assure...

AMBROISE.

Eh ! monsieur sait combien je lui suis attaché.

M. DUBRIAGE.

Je le sais, sans quoi...

MADAME ÉVRARD.

Bon, vous n'êtes plus fâché...
Monsieur se plaît chez lui, parmi nous ; il me semble
Qu'il faut le rendre heureux; vivre tous bien ensemble.

M. DUBRIAGE.

N'en parlons plus.

MADAME ÉVRARD.

Non, non, plus du tout.
(Elle lui donne affectueusement ses gants et
son chapeau.)

M. DUBRIAGE.

Sans adieu.

Je vais au Luxembourg me promener un peu.

MADAME ÉVRARD.

Revenez donc bientôt, cher monsieur ; il me tarde...

M. DUBRIAGE.

Oui, bientôt.

(Il sort.)

SCÈNE VI

MADAME ÉVRARD, AMBROISE.

AMBROISE.

Savez-vous que, si l'on n'y prend garde,
Il nous fera la loi !

MADAME ÉVRARD.

Nous sommes sans témoin
Ambroise, songez-y, vous allez un peu loin,
Et je crains que monsieur ne perde patience.

AMBROISE.

Je voudrais voir cela !

MADAME ÉVRARD.

Ce ton de confiance
Pourrait vous attirer quelques fâcheux éclats;
Je vous en avertis, ne vous exposez pas.

AMBROISE.

Eh ! je n'ai pas du tout besoin qu'on m'avertisse.
La maison sauterait plutôt que j'en sortisse.
Un autre soin m'occupe, à ne vous rien celer,
Et je vais cette fois nettement vous parler.
Dès longtemps je vous aime, et vous presse, madame,
De recevoir ma main, de devenir ma femme ;
C'est trop longtemps, aussi, me jouer, m'amuser:
Il faut m'admettre, enfin, ou bien me refuser.

MADAME. ÉVRARD.

Mais vous pressez les gens d'une manière étrange,
Il le faut avouer.

AMBROISE.

Je ne prends plus le change.
Tenez, madame Évrard, je vais au fait d'abord :

Je ne suis point galant; mais vous me plaisez fort.

MADAME ÉVRARD.

Monsieur Ambroise!

AMBROISE.

Eh! oui, votre air, votre figure,
Que vous dirai-je, enfin? toute votre tournure
M'enchante, me ravit. Allez, j'ai de bons yeux :
Vous êtes fraîche, et moi, je ne suis pas très-vieux;
Par ma foi, nous serons le mieux du monde ensemble ;
Et puis, notre intérêt l'exige, ce me semble.
Ma fortune est assez ronde, vous le savez.
Je ne m'informe point de ce que vous avez ;
Vous ne vous êtes pas sûrement oubliée...
Allons, madame Évrard...

MADAME ÉVRARD.

Je crains d'être liée...

AMBROISE.

Eh! plutôt, craignez tout, si nous nous divisons;
Oui; je n'ai pas besoin d'en dire les raisons.
L'un de l'autre, entre nous, nous savons des nouvelles,
Et tous deux nous pourrions en raconter de belles;
Au lieu qu'à l'avenir, si nous ne faisons qu'un,
Nous ne craindrons plus rien de l'ennemi commun.
A propos, j'oubliais de vous dire, madame,
Que j'ai trouvé, je crois, cette seconde femme...

MADAME ÉVRARD.

Vous revenez toujours sur ce chapitre-là !
Je ne suis point d'accord avec vous sur cela.

AMBROISE.

Vous n'avez pas besoin de quelqu'un qui vous aide?

MADAME ÉVRARD.

Moi! point du tout.

AMBROISE.

Si fait, et puis qui vous succède...

MADAME ÉVRARD.

Qui...?

AMBROISE.

Voulons-nous servir jusques à nos vieux jours?
Notre service est doux; mais nous servons toujours.

MADAME ÉVRARD.

Vous voyez mal, Ambroise; il vaudrait mieux, peut-être,
Attendre... enfin, fermer les yeux de notre maître.

AMBROISE.

Mais cela peut durer encore très-longtemps.
Monsieur n'a, voyez-vous, que soixante-cinq ans;
Il est temps, croyez-moi, de faire une retraite :
Et pour la faire sûre, honorable et discrète,
Il faut laisser ici des gens honnêtes, doux,
Par nous-mêmes choisis qui dependent de nous,
Qui soient à nous, de nous qui lui parlent sans cesse.

MADAME ÉVRARD.

S'ils allaient de monsieur captiver la tendresse?...
Enfin, nous verrons...

AMBROISE.

Bon ! vous remettez toujours !

MADAME ÉVRARD.

Eh ! moins d'impatience !

AMBROISE.

Et vous moins de détours;
Plus de délais : demain je veux une réponse.

MADAME ÉVRARD, *à part en s'en allant.*

Demain, soit. Si monsieur sur mon sort ne prononce,
Que faire? Allons, il faut le presser au plus tôt.

(*Elle sort.*)

AMBROISE.

À demain donc.

SCÈNE VII

AMBROISE, *seul.*

Voilà la femme qu'il me faut.
D'abord, réunissant les deux sommes en une,
C'est un total, et puis, à quoi bon la fortune,
Quand on la mange seul? Monsieur sert de leçon :
C'est une triste chose, au fait, qu'un vieux garçon !
On se marie, on a des enfants; on amasse ;
Et, si l'on meurt, du moins on sait où le bien passe...
Mais que veut cette fille? A propos, c'est, je crois...
Déjà?

SCÈNE VIII

AMBROISE, LAURE.

AMBROISE, *d'un ton rude.*

Qu'est-ce?

LAURE, *tremblante.*
Monsieur... Ambroise ?...

AMBROISE.

Eh bien ! c'est moi.

LAURE.
Peut-être en ce moment, monsieur, je vous dérange...
C'est moi dont vous a pu parler monsieur Lagrange.

AMBROISE.
C'est différent. J'entends; c'est vous qui souhaitez
Entrer ici?

LAURE.
Du moins, si vous le permettez.

Voulez-vous bien jeter les yeux sur cette lettre ?

AMBROISE, *s'asseyant.*

Vous tremblez !

LAURE.

Moi... pardon.

AMBROISE.

Tâchez de vous remettre...
Voyons... « Sage, bien née et docile... » Il suffit.
(*Regardant Laure très-fixement.*)
Votre air s'accorde assez avec ce qu'on m'écrit.

LAURE.

Vous êtes trop honnête.

AMBROISE.

On vous appelle ?

LAURE.

Laure.

AMBROISE.

Et votre âge... vingt ans ?

LAURE.

Pas tout à fait encore.

AMBROISE.

Bon. Avez-vous servi déjà ?

LAURE.

Qui, moi ?... jamais.
Je ne servirai point ailleurs, je vous promets.

AMBROISE.

Vous n'êtes pas, je crois, mariée ?

LAURE.

A mon âge,
Sans fortune, peut-on songer au mariage ?

AMBROISE.

Plus je vous interroge, et plus je m'aperçois
(Se levant.)
Que vous me convenez... Allons, je vous reçois.

LAURE.

Monsieur, c'est trop d'honneur que vous daignez me faire.

AMBROISE.

Oh! non; je vois cela, vous ferez mon affaire.
J'en préviendrai monsieur; car il est à propos
Qu'ensemble ce matin nous en disions deux mots :
Mais j'en réponds. Au reste, il est bon de vous dire
Où vous êtes, comment vous devez vous conduire.

LAURE.

J'écoute.

AMBROISE.

Vous saurez que vous avez ici
Plus d'un maître à servir.

LAURE.

On me l'a dit aussi.

AMBROISE.

Moi, le premier.

LAURE.

Oh! oui.

AMBROISE.

Puis, pour la gouvernante,
Madame Évrard, soyez docile et prévenante.
Monsieur la considère, et moi, j'en fais grand cas :
Servez-la bien.

LAURE.

Monsieur, je n'y manquerai pas.

AMBROISE.

Enfin, il faut avoir pour monsieur Dubriage

Les égards et les soins que l'on doit à son âge ;
C'est un homme de bien, respectable d'abord,
Riche d'ailleurs, qui peut faire un jour votre sort

LAURE.

Par un motif plus pur déjà je le révère.

AMBROISE.

C'est tout simple : surtout souvenez-vous, ma chère,
Que c'est Ambroise seul qui vous a fait entrer.

LAURE.

Je n'oublirai jamais, j'ose vous l'assurer,
Que, si dans la maison j'occupe cette place,
C'est à vos soins, monsieur, que j'en dois rendre grâce.

AMBROISE.

Pas mal. Allons, je crois que je serai content.

SCÈNE IX

LAURE, AMBROISE, CHARLE.

CHARLE, *de loin, à part.*

L'aura-t-il agréée?

AMBROISE.

Ah! Charle, dans l'instant
J'arrête, je reçois cette jeune servante;
Elle va soulager, servir la gouvernante,
Et dans l'occasion pourra vous seconder ;
Avec elle tâchez de vous bien accorder.

CHARLE.

Oui, je l'espère.

AMBROISE, *à Laure.*

Bon. Allez payer votre hôte
Et revenez ici dans deux heures sans faute.
Ne demandez que moi.

LAURE.

Non.

AMBROISE.

Pour quelques instants,
Je vais sortir. Allez, ne perdez point de temps;
(*A Charle.*)
Ni vous non plus.

CHARLE.

Oh, non! Croyez, je vous supplie,
Que toute ma journée est assez bien remplie.
(*Ambroise sort.*)

SCÈNE X

CHARLE, LAURE.

CHARLE.

Te voilà donc entrée! Ah!... nous verrons un peu
S'ils feront déguerpir la nièce et le neveu!

LAURE.

Je suis tremblante encor.

CHARLE.

Rassure-toi, ma chère,
Mon oncle va te voir; il suffit, et j'espère,
Il entendra bientôt le son de cette voix
Qui sut toucher mon cœur dès la première fois...
Ah! je voudrais déjà qu'à loisir il t'eût vue!

LAURE.

Je désire à la fois, et crains cette entrevue;
Cette madame Evrard, ô Dieu, que je la crains!

CHARLE.

Qu'elle est fausse et méchante!

LAURE.

En ce cas, je la plains.

CHARLE.

Chère épouse ! faut-il qu'à feindre de la sorte
Le destin nous réduise !

LAURE.

Eh ! Charle, que m'importe !
Je serai près de toi ; toi seul fais tout mon bien;
Tu me tiens lieu de tout: le reste ne m'est rien.
Mon ami, sans compter ce pénible voyage,
J'ai bien eu du chagrin depuis mon mariage;
Mais tu me consolais; nous mêlions nos douleurs :
Et ces deux ans, passés ensemble dans les pleurs,
Sont encor les moments les plus doux de ma vie.

CHARLE.

Va, mon sort, quel qu'il soit, est trop digne d'envie...

LAURE.

Mais adieu; car je crains...

CHARLE.

A peine pourrons-nous
Peindre nos sentiments.

LAURE.

Ils n'en sont que plus doux;
Adieu, Charle.

CHARLE.

Au revoir.

LAURE, en sortant.

Au revoir.

SCÈNE XI

CHARLE, seul.

Quelle femme !
De l'esprit, de la grâce, avec une belle âme !
Trop heureux ! Mon pauvre oncle a ses peines aussi,
Et n'a personne, hélas ! qui le console ainsi.
Je craignais son courroux ; ah ! bien loin de le craindre,
C'est lui qui de nous trois est bien le plus à plaindre...
Mais que veut George ?

SCÈNE XII

CHARLE, GEORGE.

CHARLE.
Eh bien ?

GEORGE.
Elle vient de partir,
Sans qu'on l'ait, grâce au ciel, vue entrer ni sortir...
Mais vous ne savez pas !...

CHARLE.
Qu'as-tu donc à me dire ?

GEORGE.
Quelque chose, entre nous, qui vous fera peu rire.
J'ai là-bas cinq cousins, tous issus de germains,
Dont l'un même a déjà ses papiers dans les mains,
Ils viennent par monsieur se faire reconnaître.
« Il est sorti, » leur dis-je. « Il rentrera peut-être, »
Dit l'orateur. Enfin ils ont voulu rester.
Qu'en ferai-je, monsieur ?

CHARLE.
Eh ! mais, fais-les monter.

GEORGE.

Songez donc que de près à mon parrain ils tiennent,
Et qu'ils pourraient fort bien ..

CHARLE.

Il n'importe; qu'ils viennent.

GEORGE.

Allons.

(Il sort.)

SCÈNE XIII

CHARLE, seul.

Ces chers cousins, je crois, se doutent peu
Qu'ils vont être reçus ici par un neveu.
Ils approchent, fort bien; sachons encore feindre.
Ils ne sont pas heureux; c'est à moi de les plaindre.

SCÈNE XIV

CHARLE, LES CINQ COUSINS, vêtus assez
modestement.

(N. B. — Il ne faut pas que leur habillement tienne de la
caricature.)

LE GRAND COUSIN, bas aux autres, de loin.

Laissez-moi parler seul.
(Haut à Charle, avec maintes révérences, que
les autres imitent.)
Nous avons bien l'honneur,
Monsieur...

CHARLE.

C'est moi qui suis votre humble serviteur.
Vous venez pour parler à monsieur Dubriage?

LE GRAND COUSIN.

Oui, monsieur ; c'est l'objet de notre long voyage ;
Car nous venons d'Arras pour le voir seulement.

CHARLE.

En vérité, j'admire un tel empressement ;
Et je ne doute pas qu'à monsieur il ne plaise.

LE TROISIÈME COUSIN.

Le cousin de nous voir sera, je crois, bien aise.

CHARLE.

Le connaissez-vous ?

LES QUATRE COUSINS.

Non.

LE GRAND COUSIN, *d'un air important.*

             Ils ne l'ont jamais vu ;
Mais mon air au cousin pourrait être connu.
Je l'allai voir alors qu'il faisait son commerce,
En... n'importe ; il vendait des étoffes de Perse !..
Dame, aussi, le cousin est riche à millions ;
Et nous sommes encor gueux comme nous étions.

CHARLE.

Êtes-vous frères, tous ?

LE GRAND COUSIN.

             Il ne s'en faut de guères.
Voici mon frère à moi : les trois autres sont frères.
Mais nous sommes cousins, tous issus de germains,
Comme il est constaté par ces titres certains,
   (Déployant des papiers,)
Surtout par ce tableau... Mon frère est géographe.

LE DEUXIÈME COUSIN, *avec force révérences.*

Pour vous servir : voici mon nom et mon paraphe.

(Déroulant l'arbre généalogique, et le faisant
voir à Charle.)

Roch-Nicodème Armand (c'est notre aïeul commun,
                    (Ils ôtent tous leurs chapeaux.)
La souche) eut trois garçons; mon grand-père en est un.
Sa fille, Jeanne Armand, contracta mariage,
Comme vous pouvez voir, avec Paul Dubriage,
Le père du cousin.

CHARLE, *suivant des yeux sur l'arbre généalogique.*
                    Arrêtez donc un peu.
Je vois plus près, tout seul, Pierre Armand, un neveu;
Il exclut les cousins; la chose paraît claire.

LE DEUXIÈME COUSIN, *embarrassé.*
Oui; mais... frère, dis donc.

LE GRAND COUSIN.
                    Nous ne le craignons guère.
CHARLE.
Pourquoi?

LE GRAND COUSIN.
          Par le cousin il est fort détesté,
Et vraisemblablement sera déshérité.
CHARLE.
Fort bien!

LE TROISIÈME COUSIN.
          Nous n'avons pas l'honneur de le connaître;
Mais il nous gêne fort.

CHARLE.
                    Il aurait droit peut-être
De vous dire à son tour : « C'est vous qui me gênez,
Et c'est ma place, enfin, messieurs, que vous prenez. »
LE GRAND COUSIN.
Bah! bah!

LE TROISIÈME COUSIN.

Cette maison, comme elle est belle et grande!
(*A Charle.*)
Est-elle à lui, monsieur?

LE GRAND COUSIN.

Parbleu, belle demande!
Je gage qu'il en a bien plus d'une autre encor.

LE QUATRIÈME COUSIN.

Quels meubles!

LE TROISIÈME COUSIN.

Les uedans, vous verrez, sont pleins d'or.

LE CINQUIÈME COUSIN.

De bijoux.

LE DEUXIÈME COUSIN, *d'un ton grave.*

De contrats.

LE GRAND COUSIN.

Et quand on peut se dire:
« Nous aurons tout cela, » ma foi, cela fait rire.

TOUS LES COUSINS, *riant aux éclats.*

Oh! oui, rien n'est plus drôle.

CHARLE.

En effet, à présent,
Je trouve que la chose a son côté plaisant.

LE GRAND COUSIN.

Morbleu!...

CHARLE.

Paix! car on vient.

LE GRAND COUSIN.

Quelle est donc cette dame?

CHARLE, *bas aux cousins.*

C'est une gouvernante... Entre nous, cette femme,

Sur l'esprit de monsieur a beaucoup d'ascendant ;
Il faut la ménager.

LE GRAND COUSIN, bas à Charle.

Allez, je suis prudent,
Et sais ce qu'il faut dire à notre gouvernante.

SCÈNE XV

CHARLE, LES CINQ COUSINS, MADAME ÉVRARD.

LE GRAND COUSIN.

Madame, nous avons...

MADAME ÉVRARD, d'un air très-inquiet.

Je suis votre servante ;
Messieurs, peut-on savoir ce que vous désirez ?

LE GRAND COUSIN.

Nous désirerions voir le cousin. Vous saurez...

LES QUATRE AUTRES COUSINS, tous ensemble.

Nous sommes les cousins de monsieur Dubriage.

LE GRAND COUSIN, bas aux autres.

Paix !
   (Haut à madame Évrard.)
Nous venons d'Arras, tout exprès...

MADAME ÉVRARD.

C'est dommage !
Monsieur vient de sortir.

LE GRAND COUSIN.

C'est ce qu'on nous a dit.
Mais quoi, nous l'attendrons fort bien, sans contredit.
Le cousin va rentrer avant peu, je l'espère.

MADAME ÉVRARD.

Moi ; il ne rentrera que très-tard, au contraire.

LE GRAND COUSIN.

Demain nous reviendrons.

MADAME ÉVRARD.

Ne venez pas demain :
Il part pour la campagne, et de très-grand matin.

LES TROISIÈME ET QUATRIÈME COUSINS.

Après-demain ?

MADAME ÉVRARD.

Sans doute... enfin dans la semaine,
Mais, je vous en préviens, souvent il se promène.
D'ailleurs, monsieur saura que vous êtes venus;
C'est comme si par lui vous étiez reconnus.

TOUS LES COUSINS.

Oh, nous voulons le voir !

MADAME ÉVRARD.

Très-volontiers ; lui-même
Sera ravi de voir de bons parents qu'il aime.
Au revoir donc, messieurs; car dans ce moment-ci...

LE GRAND COUSIN.

Madame...

LE TROISIÈME COUSIN, *bas au grand cousin.*

Je croyais qu'on dînerait ici.

LE GRAND COUSIN, *bas au troisième cousin.*

Paix donc !...

(*Haut à madame Évrard.*)

Nous reviendrons.

MADAME ÉVRARD.

Pardon, je vous supplie,
Si je vous laisse aller.

LE GRAND COUSIN.

Vous êtes trop polie.

CHARLE, *les reconduisant avec politesse*.
C'est à moi de fermer la porte à ces messieurs.
(*Il sort avec eux.*)

SCÈNE XVI

MADAME ÉVRARD, *seule*.

Qu'ils aillent présenter leur cousinage ailleurs...
Quel malheur, si monsieur eût vu cette recrue !
   (*Prêtant l'oreille.*)
On ferme... Ah ! Dieu merci, les voilà dans la rue...
Au surplus, ces parents m'épouvantent fort peu,
Et je crains beaucoup moins dix cousins qu'un neveu.
Mais quoi, je perds le temps en de vaines paroles,
Les enfants du portier doivent savoir leurs rôles ;
Faisons-les répéter ; oui, sachons avec art
Employer des enfants pour toucher un vieillard.

ACTE TROISIÈME

—

SCÈNE PREMIÈRE

MADAME ÉVRARD, LES DEUX ENFANTS DE GEORGE.

MADAME ÉVRARD.

Bon, mes petits amis, je suis très-satisfaite.

JULIEN.

Aussi, depuis au moins deux heures je répète.

MADAME ÉVRARD.

Fort bien ! Çà, mes enfants, je m'en vais vous laisser.
Vous, dès qu'il paraîtra, vous irez l'embrasser.

LES DEUX ENFANTS.

Oui, oui.

MADAME ÉVRARD.

Comme papa, maman.

LES DEUX ENFANTS.

Ah ! tout de même.

MADAME ÉVRARD.

Appelez-le du nom de papa: car il l'aime.

JULIEN.

C'est bien vrai; moi, toujours je l'appelle *papa*.

LA SŒUR.

Moi, *bon ami.*

MADAME ÉVRARD.

Sans doute il vous demandera
Si vous avez appris ce matin quelque chose.
Alors vous lui direz votre scène.

LA SŒUR.

Je n'ose.

MADAME ÉVRARD.

Tu n'oses? ... pauvre enfant !

LE FRÈRE.

Oh, moi, je ne crains rien.
Je sais par cœur mon rôle, et je le dirai bien.

MADAME ÉVRARD.

Bon, Julien. Soyez donc tous les deux bien aimables;
Et, si jusqu'à demain vous êtes raisonnables,
Vous aurez... quelque chose.

LE FRÈRE.

Oui, moi, mais pas ma sœur;
Elle a peur, elle n'ose...

LA SŒUR.

Oh, non, je n'ai plus peur.

MADAME ÉVRARD.

J'entends monsieur venir; adieu donc, bon courage!
(A part, en s'en allant.)
Après, je reviendrai pour achever l'ouvrage.

SCÈNE II

LES ENFANTS, M. DUBRIAGE, qui s'avance en
rêvant, sans les voir.

LA SŒUR.
Je ne pourrai jamais réciter tout cela.

LE FRÈRE.

(*Bas.*)

Je te soufflerai, moi. Chut, ma sœur, le voilà !

LA SŒUR, *bas.*

Il ne nous voit pas.

LE FRÈRE, *bas.*

Non, il rêve.

LA SŒUR, *bas.*

Ah ! que c'est drôle !

LE FRÈRE, *bas.*

Eh, paix donc !

LA SŒUR, *bas.*

On dirait qu'il répète son rôle.

(*Ils rient tous deux et se font des mines.*)

M. DUBRIAGE.

Qu'est-ce ?

LE FRÈRE, *courant à lui.*

C'est nous, papa.

M. DUBRIAGE, *l'embrassant.*

C'est toi, petit Julien ?

LA SŒUR, *allant aussi à M. Dubriage.*

Oui, bon ami.

M. DUBRIAGE, *l'embrassant aussi.*

Bonjour.

(*M. Dubriage s'assied.*)

LA SŒUR.

Comment ça va-t-il ?

M. DUBRIAGE.

Bien.

Et vous ?

LE FRÈRE.

Tu vois.

M. DUBRIAGE.

Cela se lit sur vos visages.
Dites-moi, mes enfants, êtes-vous toujours sages ?

LE FRÈRE.

Oh ! toujours ! Ce matin maman nous le disait.

M. DUBRIAGE, *se tournant tour à tour vers chacun*
d'eux.

Vraiment ?

LA SŒUR.

Si tu savais comme elle nous baisait !

LE FRÈRE.

Et papa ! Tout exprès il quitte son ouvrage.

LA SŒUR.

Il prétend que cela lui donne du courage.

M. DUBRIAGE.

Et vous les aimez bien ?

LA SŒUR.

Oui, comme nous t'aimons.

LE FRÈRE.

Papa cause la nuit, croyant que nous dormons.
Hier encor ma sœur était bien endormie,
Moi pas ; je l'entendais qui disait· « Mon amie,
Conviens que nous devons être tous deux contents,
Et que nous avons là de bien jolis enfants ?... »
Et maman répondait : « C'est vrai qu'ils sont aimables.
—Dame, c'est qu'à leur mère ils sont tous deux sembla-
Disait papa. « Julien, soit, répondait maman ;   [bles, »
Mais Suzon te ressemble, à toi ; là, conviens-en. »

M. DUBRIAGE.

Fort bien, mes bons amis ; comment va la mémoire ?
Savez-vous ce matin une fable, une histoire ?

LE FRÈRE.

Tiens, papa ! ce matin encor nous répétions

Un petit dialogue, à nous deux.

M. DUBRIAGE.

Ah! voyons!

LE FRÈRE.

Çà, commence, ma sœur.

(*Les enfants récitent chacun leur couplet comme
une leçon.*)

LA SŒUR.

« Quel est le patriarche
Qui prévit le déluge et construisit une arche?

LE FRÈRE.

Noé, fils de Lamech, qui, comme vous savez,
S'est échappé lui-même et nous a tous sauvés.

LA SŒUR.

On me l'avait bien dit. Quoi, tous tant que nous sommes,
Comment! un homme seul a sauvé tous les hommes?

LE FRÈRE.

Oui, sans doute, et voici comment cela s'est fait :
Noé n'eut que trois fils, Sem, Cham et puis Japhet.
Sem en eut cinq : chacun eut au moins une épouse,
Dont il eut maint enfant; Jacob seul en eut douze.
Ces enfants se sont vus pères d'enfants nombreux :
C'est de là qu'est venu le peuple des Hébreux.

LA SŒUR.

Ah! ah!

LE FRÈRE.

Je n'ai parlé que de Sem ; ses deux frères
Du reste des humains ont été les grands-pères.
Dieu dit : *Multipliez et croissez à l'envi.*
Nul précepte jamais n'a mieux été suivi;
Et l'on continûra sûrement de le suivre. »

M. DUBRIAGE.

Où donc avez-vous lu cela?

LE FRÈRE.

Dans un beau livre

Dont on a fait présent à maman.

M. DUBRIAGE.

C'est assez.

LA SŒUR.

J'ai quelque chose encore à dire.

M. DUBRIAGE.

Finissez.

(Il rêve; et pendant ce temps-là les enfants se font
des mines, et s'excitent l'un l'autre à parler à
M. Dubriage.)

LA SŒUR, *allant tout doucement à lui.*

Tiens, quelquefois à nous papa ne prend pas garde...

(Elle lui caresse la joue.)

Je fais comme cela... Puis alors il regarde,

Me voit, rit, et m'embrasse enfin comme cela.

(Elle témoigne vouloir l'embrasser.)

M. DUBRIAGE, *lui tendant les bras.*

Chère petite, viens.

LE FRÈRE.

Et moi, mon bon papa?

M. DUBRIAGE.

Viens aussi.

(Il les tient tous deux serrés dans ses bras.)

SCÈNE III

M. DUBRIAGE, LES ENFANTS,
MADAME ÉVRARD.

MADAME ÉVRARD, *de loin, sans être vue.*

Mes enfants s'en tirent à miracle :

Il est temps de parler, à mon tour.

(*Haut, toujours d'un peu loin.*)
                              Doux spectacle!
Il s'enchante, d'honneur!

M. DUBRIAGE.
                  C'est vous, madame Évrard?

MADAME ÉVRARD.
Oui, monsieur; du tableau je prends aussi ma part;
On croirait voir un père au sein de sa famille.

LA SŒUR, *à madame Évrard.*
J'ai fort bien dit ma scène...

MADAME ÉVRARD, *l'arrêtant.*
                        A merveille, ma fille!
Vous égayez monsieur : c'est bien fait, mes enfants.
Allez jouer tous deux . en restant plus longtemps,
Vous importuneriez ce bon papa, peut-être.
Allez.

LES ENFANTS, *en sortant.*
Adieu, papa.

SCÈNE IV

M. DUBRIAGE, *assis;* MADAME ÉVRARD.

MADAME ÉVRARD, *à part.*
                  Si je puis m'y connaître,
        (*Haut.*)
Il est ému. Vraiment, ces enfants sont gentils.

M. DUBRIAGE.
Oui, tout à fait : pour moi j'aime fort leurs babils.

MADAME ÉVRARD.
Et leurs caresses donc, naïves, enfantines!
Et puis ils ont tous deux les plus charmantes mines!...
Une grâce, un sourire; enfin je ne sais quoi...
Qui me plaît, m'attendrit...

M. DUBRIAGE.

Il me touche, aussi, moi.

Qui ne les aimerait? cela n'est pas possible.

MADAME ÉVRARD.

Je me dis quelquefois : « Monsieur est bon, sensible :
S'il a tant d'amitié pour les enfants d'autrui,
Qu'il aurait donc d'amour pour des enfants à lui : .

M. DUBRIAGE, *à demi-voix*.

Hélas !

MADAME ÉVRARD.

Cette petite est le portrait du père.

M. DUBRIAGE.

Oui vraiment, et Julien rappelle bien sa mère?...

MADAME ÉVRARD.

A s'y tromper. Ces gens sont-ils assez heureux,
De voir ainsi courir et sauter autour d'eux
Leurs portraits, en un mot, comme d'autres eux-mêmes?

M. DUBRIAGE

J'y pensais : ce doit être une douceur extrême.

MADAME ÉVRARD.

Je ressemblais aussi beaucoup, je m'en souvien,
A mon père... digne homme ! il était assez bien...
Ayant moins de richesse, hélas ! que de naissance...
On le félicitait sur notre ressemblance :
Aussi m'aimait-il plus que ses autres enfants...

(*Finement.*)

Et puis il m'avait eue à plus de soixante ans.
Je flattais son orgueil autant que sa tendresse :
Il m'appelait souvent l'enfant de sa vieillesse.

M. DUBRIAGE.

A plus de soixante ans !

MADAME ÉVRARD.

Oui, c'est qu'il était frais !

Et même il a vécu vingt ans encore après.
Allons! vous retombez dans votre rêverie.

M. DUBRIAGE.

Il est vrai.

MADAME ÉVRARD.

Je ne sais... excusez, je vous prie...
Mais vous semblez avoir quelque chose.

M. DUBRIAGE.

Non, rien.

MADAME ÉVRARD.

Si fait : vous êtes triste ; oh ! je le vois fort bien...
Au surplus, chacun a ses embarras, ses peines...
Moi qui vous parle, eh bien, j'ai moi-même les miennes.

M. DUBRIAGE.

Qui? vous, madame Évrard?

MADAME ÉVRARD.

Sans doute.

M. DUBRIAGE.

A quel propos?

MADAME ÉVRARD.

Ambroise me tourmente ; il désire, en deux mots,
Qu'avant peu, que demain, je devienne sa femme.

M. DUBRIAGE.
(La faisant asseoir à côté de lui.)

Ambroise, dites-vous...? Répétez donc, madame.

MADAME ÉVRARD.

Je dis qu'Ambroise m'aime et me veut épouser.
Depuis plus de deux ans je sais le refuser.
J'élude chaque jour une nouvelle instance,
Croyant que mes délais lasseront sa constance :
Non; loin de s'attiédir, son ardeur va croissant.
Mais aujourd'hui surtout il devient plus pressant;
Il insiste ; et vraiment je ne sais plus que faire :

Je viens vous demander conseil sur cette affaire.

M. DUBRIAGE.

Eh ! mais, je ne sais trop quel conseil vous donner..
Car enfin ce parti n'est pas à dédaigner :
Ambroise est, après tout, un parfait honnête homme,
Homme d'honneur, de sens, excellent économe.

MADAME ÉVRARD.

Oui, vous avez raison : et, pour la probité,
Ambroise assurément sera toujours cité :
Mais il parle d'hymen ; la chose est sérieuse.
Je crains, je l'avoûrai, de n'être pas heureuse.

M. DUBRIAGE.

Et pourquoi ?

MADAME ÉVRARD.

Je ne sais... tenez, c'est qu'entre nous,
On peut être honnête homme et fort mauvais époux.
Ambroise est quelquefois d'une rudesse extrême,
Vous le savez : souvent il vous parle à vous-même
D'un ton... !

M. DUBRIAGE.

Un peu dur, oui ; mais vous l'adoucirez :
Vous avez pour cela des moyens assurés.

MADAME ÉVRARD.

Quelle tâche ! j'en suis d'avance intimidée...
Puis... j'avais de l'hymen une tout autre idée :
Car j'étais faite, moi, pour un lien si doux :
Et... sans l'attachement, monsieur, que j'ai pour vous,
A coup sûr je serais déjà remariée.
Dans mon premier hymen je fus contrariée :
Et, lorsque l'on m'unit au bon monsieur Évrard,
A mon penchant peut-être on eut trop peu d'égard :
A prendre un tel époux bien qu'on m'eût su contraindre,
Vous savez cependant s'il eut lieu de se plaindre,
Si je manquai pour lui de soins, d'attention !

M. DUBRIAGE.

On vous eût crus unis par inclination.

MADAME ÉVRARD.

Eh bien, en pareil cas si je fus complaisante,
Jugez, monsieur, combien je serais douce, aimante,
Si j'avais un mari qui fût... là... de mon choix,
Dont l'humeur me convint, en un mot.

M. DUBRIAGE.

       Je le crois.

MADAME ÉVRARD.

Et je ne parle pas d'un mari vain, volage...
Je n'aurais point voulu d'un jeune homme; à cet âge,
On ne sait pas aimer

M. DUBRIAGE.

     Je l'ai toujours pensé :
Ce que vous dites là, madame, est très-sensé.

MADAME ÉVRARD.

Pour mieux dire, tenez, monsieur, je le confesse,
Pourvu qu'il eût passé la première jeunesse,
Peu m'importe quel âge aurait eu mon époux ;
Je parle sans détour : car enfin, entre nous,
En me remariant, moi, s'il faut vous le dire,
Un, deux enfants, voilà tout ce que je désire...
Il me semble déjà que j'ai la sous les yeux,
Que je vois mes enfants, le père au milieu d'eux,
Souriant à nous trois, allant de l'un à l'autre...
Oh! quel ravissement serait alors le nôtre !...

 (Se reprenant.)

J'entends le mien, celui du mari que j'aurais ;
Je parle en général, je n'ai point de regrets :
Auprès de vous mon sort est trop digne d'envie;
Le ciel m'en est témoin : j'y veux passer ma vie ;
Nul motif, nul pouvoir, ne peut m'en arracher.

M. DUBRIAGE.

Qu'un tel attachement est fait pour me toucher!

MADAME ÉVRARD.

Vous devez voir pour vous jusqu'où va ma tendresse.
Comme, au moindre signal, je vole, je m'empresse;
Comme je mets au rang des plaisirs les plus doux
Celui de vous servir, d'avoir bien soin de vous.
Ce n'est point l'intérêt, le devoir qui me mène;
C'est l'amitié, le cœur : cela se voit sans peine...
Enfin sur le motif qui me faisait agir
On s'est mépris... au point de me faire rougir.
Oui, monsieur, pour jamais, s'il faut que je le dise,
La médisance ici peut m'avoir compromise :
Je ne suis pas encor d'âge à la désarmer.
On me soupçonne enfin...

M. DUBRIAGE.

De quoi?

MADAME ÉVRARD.

De vous aimer,
De vous plaire... je dis d'avoir touché votre âme.
Charle, en entrant, a cru que j'étais votre femme.
Mon amitié pour vous me fait tout supporter :
C'est un plaisir de plus, et j'aime à le goûter...
Mais, je vous le demande, avec un cœur sensible,
Puis-je épouser...?

M. DUBRIAGE.

Non, non! cela n'est pas possible.
Ambroise, je le sens, est indigne de vous;
Le ciel ne l'a point fait pour être votre époux.

MADAME ÉVRARD.

Le croyez-vous?

M. DUBRIAGE.

Oh! oui.

MADAME ÉVRARD.

                    Peut-être je me flatte,
Et peut-être ai-je l'âme un peu trop délicate :
Lorsqu'en moi je descends, je ne sais... je me crois
Digne d'un meilleur sort. L'état où je me vois
M'humilie... Ah ! j'ai tort... mais malgré moi j'en pleure.

M. DUBRIAGE, *plus ému.*

Chère madame Évrard !... chaque jour, a toute heure,
Oui, je découvre en vous, et je m'en sens frappé,
Mille dons enchanteurs qui m'avaient échappé.
Votre aimable entretien me touche, m'intéresse.

MADAME ÉVRARD.

Qu'est-ce qu'un entretien, de grâce ?... Ah ! que serait-ce,
Si je pouvais un jour donner à mes transports
Un libre cours, monsieur ! J'ose le dire : alors
Combien de qualités vous pourriez reconnaître,
Que ma position empêche de paraître !

M. DUBRIAGE.

Ah ! je les entrevois, et je devine assez
Tout ce que j'ai perdu... Mais vous me ravissez...
Ai-je pu jusqu'ici négliger tant de charmes ?

MADAME ÉVRARD.

Si vous saviez combien j'ai dévoré de larmes !
Combien j'ai soupiré, combattu cette ardeur
Qui me tourmente ! Hélas ! la crainte, la pudeur...

M. DUBRIAGE, *se levant, et hors de lui.*

Je n'y puis plus tenir : toute votre personne
Me charme... C'en est fait...

                              (On sonne.)

MADAME ÉVRARD, *laissant échapper un cri.*
                    Ah ! ciel !

        M. DUBRIAGE.
                    Je crois qu'on sonne.

MADAME ÉVRARD.

Eh bien! donc, vous disiez...? Achevez en deux mots.

M. DUBRIAGE.

C'est Ambroise.

MADAME ÉVRARD, à part.

Bon Dieu ! qu'il vient mal à propos !

SCÈNE V

M. DUBRIAGE, Madame ÉVRARD, AMBROISE, LAURE.

M. DUBRIAGE, à *Ambroise.*

Eh bien, qu'est-ce ?

AMBROISE.

Monsieur, c'est une jeune fille,
Sage, laborieuse et d'honnête famille,
Qu'en ce moment je viens vous présenter...

MADAME ÉVRARD.

Pourquoi ?

AMBROISE.

Mais... pour vous soulager, madame Évrard.

MADAME ÉVRARD.

Qui, moi ?
Oh ! je n'ai point du tout besoin qu'on me soulage ;
On ne craint point encor le travail à mon âge.

M. DUBRIAGE.

Oui, sans doute... je crois qu'on peut se dispenser
De prendre cette fille.

AMBROISE.

On ne peut s'en passer ;
Et dans cette maison, quoi qu'en dise madame,

Il faut absolument une seconde femme,
Pour plus d'une raison. Sans être fort âgés,
Tous deux avons besoin d'être un peu ménagés.
Madame Évrard, qui parle, en était prévenue.

MADAME ÉVRARD.

Moi! jamais de ce point je ne suis convenue :
Je vous ai toujours dit : « Attendons, il faut voir. »
Savais-je, par hasard, qu'elle viendrait ce soir?

AMBROISE.

Comment l'aurais-je dit? Je l'ignorais moi-même.
Lagrange m'a servi d'une vitesse extrême...
Mais qu'elle soit venue un peu plus tôt, plus tard,
(A M. Dubriage.)
La voici. Vous aurez, j'espère, quelque égard,
Monsieur, pour un sujet qu'en ce logis j'arrête.
Quant à madame Évrard, je la crois trop honnête
(En regardant fixement madame Évrard.)
Pour me contrarier en cette occasion.
Si d'avance elle eût fait un peu réflexion...

MADAME ÉVRARD.

Allons, puisqu'à vos vœux il faut toujours souscrire,
Pour l'amour de la paix, j'aime mieux ne rien dire.
(A M. Dubriage.)
Ainsi, monsieur, voyez...

M. DUBRIAGE.

                    En effet, je ne vois
Nul inconvénient... Allons, je la reçois.
(A part.)
Je dois quelques égards à l'un ainsi qu'à l'autre.
(Haut.)
C'est mon affaire au fond beaucoup moins que la vôtre.
Elle est pour vous aider plus que pour me servir.
Je crois qu'elle vous peut seconder à ravir.

AMBROISE, *à Laure.*

Remerciez monsieur.

LAURE.

Ah ! de toute mon âme,

AMBROISE.

Remerciez aussi madame Évrard.

LAURE.

Madame...

MADAME ÉVRARD.

Je vous dispense, moi, de tout remercîment.

M. DUBRIAGE.

Cette fille paraît assez bien.

MADAME ÉVRARD.

Ah ! vraiment,

Dès qu'Ambroise la donne...

M. DUBRIAGE.

A lons, allons, ma chère...

Instruisez-la tous deux de ce qu'elle doit faire ;

(*A part, à lui-même.*)

Et vivons en repos. Je suis tout hors de moi...
Cette madame Évrard !... en vérité, je croi...
(*Il sort en regardant avec intérêt madame Évrard,
qui feint de n'y pas prendre garde (1).*)

SCÈNE VI

AMBROISE, Madame ÉVRARD, LAURE.

AMBROISE.

Eh mais, vit-on jamais refus aussi bizarre !
Je suis fort mécontent, et je vous le déclare.

(1) Je désire que l'acteur chargé du rôle de Dubriage se
renferme exactement dans les termes de la note ci-dessus.
Tout ce qui va au delà est exagéré, et, j'ose le dire, hors
de toute convenance.

MADAME ÉVRARD.

(A Ambroise.)   (A Laure.)
Paix donc ! Un peu plus loin.

LAURE, à part, en s'éloignant.

Allons, résignons-nous.

MADAME ÉVRARD, à Ambroise.

Eh ! j'ai bien plus de droit de me plaindre de vous !
Quelle obstination !

SCÈNE VII

CHARLE, AMBROISE, Madame ÉVRARD, LAURE.

CHARLE, de loin, à part.

Je veux savoir l'issue...

AMBROISE, à Charle.

Que voulez-vous ?

CHARLE, embarrassé.

Je viens... je viens...

LAURE, bas à Charle.

Je suis reçue.

CHARLE, bas.

Bon.

AMBROISE.

Vous venez... pourquoi ?

CHARLE.

J'ai cru qu'on m'appelait.

AMBROISE.

Vous vous êtes trompé.

CHARLE.

Pardonnez, s'il vous plaît ;

Je me retire.

MADAME ÉVRARD.

Au fond, ceci prouve son zèle.

(A Charle.)

Retournez vers monsieur en serviteur fidèle.

CHARLE.

J'y vais.

MADAME ÉVRARD, *de loin.*

N'oubliez pas ce que je vous ai dit.

CHARLE.

Non, madame.

(*Bas à Laure, au fond du théâtre.*)

Courage!

(*Il sort.*)

SCÈNE VIII

MADAME ÉVRARD, AMBROISE, LAURE,

toujours au fond.

MADAME ÉVRARD.

Il est tout interdit.

AMBROISE.

Refuser un sujet que j'offre!

MADAME ÉVRARD.

Belle excuse!

Proposer à monsieur des gens que je refuse!

Je vous avais prié d'attendre.

AMBROISE.

Quel discours!

En cela, comme en tout, vous remettez toujours.

Je ne veux plus attendre.

LAURE, *de loin, à part.*

O ciel, est-il possible!

Ma situation est-elle assez pénible?

MADAME ÉVRARD.

Par trop d'empressement vous allez tout gâter.

AMBROISE.

Vous allez réussir à m'impatienter.

MADAME ÉVRARD.

N'en parlons plus.

AMBROISE.

Je sors : j'ai mainte chose à faire.
Il faut que j'aille voir des marchands, le notaire,
Demander de l'argent... Que sais-je... ? Oh ! quel ennui !
Quoi ! s'occuper toujours des affaires d'autrui !

MADAME ÉVRARD.

Eh ! vous vous occupez en même temps des vôtres.

AMBROISE.

Rien n'est plus naturel... Mais dites donc *des nôtres.*

MADAME ÉVRARD.

Des nôtres, soit.

AMBROISE, *à Laure.*

(*A part.*)

Je sors. Allons, j'ai réussi ;
J'ai si bien fait qu'enfin cette fille est ici.

(*Il sort.*)

SCÈNE IX

MADAME ÉVRARD, LAURE.

MADAME ÉVRARD, *à part.*

Oh qu'elle me déplaît ! Jeune et jolie encore !...
(*Haut, d'un ton sec.*)
Eh bien ! vous dites donc que vous vous nommez ?...

LAURE.

Laure.

MADAME ÉVRARD.

Ah ! quel âge avez-vous ?

LAURE.

Pas encor vingt ans.

MADAME ÉVRARD.

Non ?

C'est dommage ! Eh, trop jeune... oui, beaucoup trop !

LAURE.

Pardon :

Ce n'est pas ma faute...

MADAME ÉVRARD.

Ah ! c'est la mienne !

LAURE.

Madame,

Je ne dis pas cela.

MADAME ÉVRARD.

Qu'êtes-vous ? fille, femme ?

Dites.

LAURE.

Qui ? moi ! jamais je ne me marirai.

MADAME ÉVRARD.

Et vous ferez fort bien. Je dois savoir bon gré
A cet Ambroise ! Il vient, sans m'avoir prévenue,
Nous amener ici d'emblée une inconnue !

LAURE.

Je me ferai connaître.

MADAME ÉVRARD.

Il sera temps alors !
Vous pourriez bien avant être mise dehors.

LAURE.

J'ose espérer que non.

MADAME ÉVRARD.

Tenez, c'est que peut-être
Ambroise, avec vous seule a pu faire le maître ;
Mais il vous a trompée à coup sûr en ceci,
S'il ne vous a pas dit que je commande ici.

LAURE.

Je sais trop qu'en ces lieux vous êtes la maîtresse.

MADAME ÉVRARD.

Pourquoi n'est-ce donc pas à moi qu'on vous adresse?
Mais je verrai bientôt si vous me convenez :
Car enfin c'est à moi que vous appartenez,
Et vous êtes vraiment entrée à mon service.

LAURE.

Soit.

MADAME ÉVRARD.

Jamais au premier ; tenez-vous à l'office.

LAURE.

J'entends.

MADAME ÉVRARD.

Ne faites rien sans ma permission.

LAURE.

Jamais.

MADAME ÉVRARD.

Si l'on vous donne une commission,
Instruisez-m'en toujours avant que de le faire.

LAURE.

Toujours.

MADAME ÉVRARD.

Que m'obéir soit votre unique affaire.
Allez m'attendre en bas.

LAURE.

Hélas !

MADAME ÉVRARD.

Que

LAURE.

J'y vais.

MADAME ÉVRARD.

Vous raisonnez !... Sortez.

(*Laure sort.*)

SCÈNE X

MADAME ÉVRARD, *seule.*

Elle a l'air doux
Et semble assez docile... Eh! qui peut s'y connaître ?
La peste soit d'Ambroise ! Il fait ici le maître ;
Et cependant il faut encor le ménager.
Patience ! avant peu tout cela va changer ;
Si j'épouse une fois monsieur, me voilà forte :
Une heure après l'hymen, ils sont tous à la porte.

FIN DU TROISIEME ACTE

ACTE QUATRIÈME

—

SCÈNE PREMIÈRE

M. DUBRIAGE, *seul, s'avance en rêvant.*

Cet entretien toujours me revient à l'esprit :
Je ferai bien, je crois... oui, cet hymen me rit.
Cette madame Évrard est tout à fait aimable ;
Elle est très-fraîche encor ; sa taille est agréable ;
Elle a les yeux fort beaux ; et ses soins caressants,
Tendres, réchaufferaient l'hiver de mes vieux ans.
Elle est d'ailleurs honnête et douce comme un ange...
Mais mon neveu ?... Ma foi, que mon neveu s'arrange.
Faudra-t-il consulter ses neveux ? Après tout,
Je puis l'abandonner, quand il me pousse à bout.
    (*Rêvant de nouveau.*)
C'est qu'il est marié ; bientôt il sera père ;
Et ses nombreux enfants seront dans la misère...
C'est sa faute : pourquoi s'être ainsi marié ?
D'ailleurs, par mon hymen sera-t-il dépouillé ?
Je puis faire à ma femme un honnête avantage...
Mais, à l'âge que j'ai, songer au mariage !
Dieu sait comme chacun va rire à mes dépens !
Que résoudre ? Je suis indécis, en suspens...
Voici Charle ; à propos 'e hasard me l'amène.

SCÈNE II

M. DUBRIAGE, CHARLE.

M. DUBRIAGE.

Un mot, Charle.

CHARLE.

J'accours.

M. DUBRIAGE.

Tu me vois dans la peine.

CHARLE.

Vous, monsieur !

M. DUBRIAGE.

Oui, je suis dans un grand embarras
Sur un point... qu'à coup sûr tu ne devines pas.

CHARLE.

Lequel ?

M. DUBRIAGE.

Moi, qui jamais n'ai voulu prendre femme,
Croirais-tu qu'à présent, dans le fond de mon âme,
J'aurais quelque penchant à former ce lien ?

CHARLE.

Pourquoi pas ? je crois, moi, que vous ferez fort bien.

M. DUBRIAGE.

Vraiment ?

CHARLE.

Oui. Quoi de plus naturel, je vous prie,
Que de vous attacher une femme chérie,
Qui partage vos goûts, vos plaisirs, vos secrets ?
Si cet hymen était l'objet de vos regrets,
Monsieur, que votre cœur enfin se satisfasse.

M. DUBRIAGE.

Tu ne me blâmes point ?

CHARLE.

Et pourquoi donc, de grâce ?
Je ne désire rien que de vous voir heureux.

M. DUBRIAGE.

Bon Charle ! En vérité, je suis presque amoureux ;
Non d'une jeune enfant, mais d'une femme faite,
Aimable encor pourtant, à mille égards parfaite,
Une compagne enfin, avec qui de mes jours
Tranquillement, vois-tu, j'achèverai le cours ;
Madame Évrard...

CHARLE.

Eh quoi, madame Ev... !

M. DUBRIAGE.

Elle-même.
Eh, d'où vient donc, mon cher, cette surprise extrême ?

CHARLE.

Ma surprise ?

M. DUBRIAGE.

Oui, j'ai vu ton soudain mouvement ;
Tu m'as paru saisi d'un grand étonnement.
A ton avis, j'ai tort de l'épouser, peut-être ?

CHARLE.

Monsieur... assurément... vous en êtes le maître.

M. DUBRIAGE.

Non ; tu viens de piquer ma curiosité ;
Explique-toi.

CHARLE.

Qui, moi ?

M. DUBRIAGE.

Toi-même.

CHARLE.

En vérité,
Monsieur, tant de bonté ne sert qu'à me confondre :
Dans la place où je suis, je ne puis vous répondre.

M. DUBRIAGE.

Tu blâmes cet hymen; oh! oui, je le vois bien,
Tu veux dire par là...

CHARLE.

Monsieur, je ne dis rien.

M. DUBRIAGE.

On en dit quelquefois beaucoup plus qu'on ne pense :
Ainsi, de t'expliquer, Charle, je te dispense ;
Car moi-même aussi bien je m'étais déjà dit
Ce que tu me voudrais faire entendre. Il suffit :
N'en parlons plus. Tu peux me rendre un bon office.

CHARLE.

Trop heureux, monsieur! Charle est à votre service;
Vous n'avez qu'à parler.

M. DUBRIAGE.

Je songe à ce neveu,
Ou plutôt à sa femme; et, je t'en fais l'aveu,
Son sort me touche : elle est peut-être sans ressource.
Je n'ai que cent louis comptés dans cette bourse :
Je voudrais, s'il se peut, les lui faire passer.
Ils habitent Colmar. Comment les adresser?
Car, en tout ceci, moi, je ne veux point paraître.
Toi, Charle, par hasard, si tu pouvais connaître,
A Colmar...

CHARLE.

J'y connais quelqu'un précisément.

M. DUBRIAGE.

Cet ami pourra-t-il trouver la femme Armand?
Elle est si peu connue!

CHARLE.

Il le pourra, je pense.

M. DUBRIAGE.

Tiens, prends.

CHARLE.

Mais non : plutôt que de prendre d'avance,
Il vaut mieux m'informer de tout ceci, je croi :
Alors...

M. DUBRIAGE.

Soit. J'ai bien fait de m'adresser à toi.

CHARLE.

Oui.

M. DUBRIAGE.

Du fils de ma sœur après tout c'est la femme.
Lui-même je l'ai p[...]nt dans le fond de mon âme ;
Je le traite encor mieux qu'il ne l'eût mérité.
Je l'aurais mille fois déjà déshérité,
Si j'eusse voulu croire à certaines personnes..
Que, sans te les nommer, peut-être tu soupçonnes.

CHARLE.

Oui, je crois.

M. DUBRIAGE.

Mais, malgré mes griefs contre Armand,
Je répugnai toujours à faire un testament ;
Que l'on donne ses biens, soit : alors on s'en prive ;
Mais être généreux, lorsque la mort arrive...
On ouvre un testament, ces premiers mots sont lus :
« Je veux... » On dit encor *je veux*, quand on n'est plus,
Ma fortune, dit-on, est le fruit de mes peines...
Mais ces peines... que sais-je ?... eussent été bien vaines
Si mon oncle, en mourant, ne m'eût laissé ses biens.
A mon neveu de même il faut laisser les miens :
Qu'il les recueille donc ; et puis, s'il en abuse,
Tant pis pour lui ; mais moi, je serais sans excuse

Si j'allais l'en priver. Vivant, je l'ai puni ;
C'en est assez : je meurs ; mon courroux est fini.
N'est-ce pas ?

CHARLE.

Moi, monsieur, sur une telle affaire,
Je ne puis, je le sens, qu'écouter et me taire.

M. DUBRIAGE.

Ah ! çà, tu promets donc de faire comme il faut
Cette commission?

CHARLE.

Oui, monsieur, et plus tôt
Que vous ne pouvez croire ; et même je vous quitte,
Afin de m'en aller occuper tout de suite.

M. DUBRIAGE.

Bon enfant!

(Charle sort.)

SCÈNE III

M. DUBRIAGE, LAURE.

M. DUBRIAGE, seul.

Ce garçon soulage mes ennuis :
C'est un besoin pour moi dans l'état où je suis.

LAURE, de loin, à part, amenée par Charle qui
se retire.

Je tremble à son aspect... Dieu ! fais que je lui plaise.
(Haut, en s'avançant.)
Monsieur...

M. DUBRIAGE.

Ah ! mon enfant, c'est vous ! j'en suis bien aise...
Je ne suis pas fâché de causer avec vous.

LAURE.

Moi-même j'épiais un moment aussi doux.

Il est bien naturel que l'on cherche son maître,
Pour le voir, lui parler, se faire enfin connaître.

M. DUBRIAGE.

Vous ne pouvez, je crois, qu'y gagner.

LAURE.

　　　　　　　　　　　　Ah ! monsieur !...

M. DUBRIAGE.

Non, c'est que vous avez le ton de la candeur,
L'air sage...

LAURE.

　　　　　　Ce n'est pas vertu chez une femme :
C'est devoir.

M. DUBRIAGE.

　　　　　　　Il est vrai ; j'aime à vous voir dans l'âme
Ces principes d'honneur, cette élévation.

LAURE.

C'est l'heureux fruit, monsieur, de l'éducation :
Je le garde avec soin, c'est mon seul héritage.

M. DUBRIAGE.

Oui, c'est un vrai trésor qu'un pareil avantage.
Vous devez donc le jour à d'honnêtes parents ?

LAURE.

Honnêtes, oui, monsieur ; mais non pas dans le sens
Que lui donnait l'orgueil : dans le sens véritable.
Mes père et mère étaient un couple respectable,
Placé dans cette classe où l'homme dédaigné
Mange à peine un pain noir, de ses sueurs baigné ;
Où, privé trop souvent d'un bien mince salaire, ___
Un ouvrier utile est nommé *mercenaire*,
Quand on devrait bénir ses travaux bienfaisants ;
Mes parents, en un mot, étaient des artisans.

M. DUBRIAGE.

Artisans ! croyez-vous qu'un riche oisif les vaille ?

Le plus homme de bien est celui qui travaille.
Poursuivez.

LAURE.

Chaque soir, aux heures de loisirs,
A me former le cœur ils mettaient leurs plaisirs.
Leurs préceptes étaient simples comme leur âme.
« Crains Dieu, sers ton prochain et sois honnête femme. »
C'étaient là leurs seuls mots, qu'ils répétaient toujours.
Leur exemple parlait bien mieux que leurs discours.
Ils semblaient pressentir, hélas ! leur fin prochaine.
Depuis qu'ils ne sont plus, j'ai bien eu de la peine :
Mais j'ai toujours trouvé dans l'occupation
Subsistance à la fois et consolation.

M. DUBRIAGE.

Je vois que vos parents vous ont bien élevée.
Quoi ! de tous deux déjà vous êtes donc privée ?

LAURE.

Un cruel accident tout à coup m'a ravi
Mon père ; et de bien près ma mère l'a suivi.

M. DUBRIAGE.

Perdre ainsi ses parents, de tels parents encore !...
Car, sans les avoir vus, tous deux je les honore...
Ma fille, je vous plains.

LAURE.

Quel excès de bonté,
Monsieur ! Le ciel pourtant ne m'a pas tout ôté :
Il me reste un ami, mais un ami solide,
Qui m'a jusqu'à Paris daigné servir de guide.

M. DUBRIAGE.

Vous êtes de province ?

LAURE.

Oui, de bien loin : aussi
J'ai mis dix jours entiers pour venir jusqu'ici.

(On entend une voix du dehors, appelant.)

« Laure ! Laure ! »

LAURE.

Je crois qu'on m'appelle.

M. DUBRIAGE.

N'importe.

Pour vous expatrier, mon enfant, de la sorte,
Sans doute vous aviez un motif, un objet ?

LAURE.

Oh ! oui, monsieur ! voici quel en est le sujet :
L'ami dont je parlais, le seul que j'aie au monde,
Et sur qui désormais tout mon bonheur se fonde,
A, dans la capitale, un très-proche parent :
Il m'en parlait sans cesse, et toujours en pleurant.
« Oui, me dit-il un jour, vous êtes vertueuse,
Jeune, douce, surtout vous êtes malheureuse ;
Il doit vous secourir, et je vous le promets. »
Je le crus ; mon ami ne me trompa jamais.
Je partis avec lui, croyant suivre mon frère,
Regrettant peu des lieux où n'était plus ma mère.
Après dix jours de marche, enfin nous arrivons.

M. DUBRIAGE.

Eh bien ?...

LAURE.

Mais quel accueil, ô ciel, nous éprouvons !

M. DUBRIAGE.

Il vous aurait reçue avec indifférence ?

LAURE.

Ah ! monsieur, nous aurions encor quelque espérance,
S'il avait seulement voulu nous recevoir.

M. DUBRIAGE.

Quoi· ce proche parent ?...

LAURE.

N'a pas daigné nous voir.

M. DUBRIAGE.

Que dites-vous ? cet homme a donc un cœur de roche ?...

LAURE.

Ce n'est pas le moment de lui faire un reproche.
Non, il n'est point cruel, il est humain et bon ;
Et sans des étrangers, maîtres de la maison...

M. DUBRIAGE.

Il est bon, dites-vous ? Eh ! c'est faiblesse pure ;
Rien doit-il, rien peut-il étouffer la nature ?
Je veux voir ce parent ; ensemble nous irons ;
Cet homme est inflexible, ou nous l'attendrirons.

LAURE.

Ah ! monsieur, je commence à le croire possible :
Je me flatte, en effet, qu'il n'est point insensible ;
Et fût-il contre nous encore plus aigri,
Oui, nous l'attendrirons ; je vous vois attendri !

M. DUBRIAGE, *voyant venir madame Évrard.*

Chut !

SCÈNE IV

M. DUBRIAGE, LAURE. Madame ÉVRARD.

MADAME ÉVRARD, *de loin, à part.*

Encor là !

M DUBRIAGE, *un peu embarrassé, à madame
Évrard.*

C'est vous ! quel sujet vous amène,
Madame ?...

MADAME ÉVRARD.

Je le vois, ma présence vous gêne.

M. DUBRIAGE.

Comment ?...

MADAME ÉVRARD.

  Que sais-je enfin ?. . Mais c'est moi qui pourrais
Vous demander quels sont les importants secrets
Que vous confie encore ici mademoiselle.
Depuis une heure au moins vous causez avec elle;
Et ces mystères-là me surprennent un peu.

M. DUBRIAGE, *d'un ton faible.*

Pourquoi, madame Evrard? Eh ! oui, j'en fais l'aveu,
J'aime à l'entretenir : ne suis-je pas le maître ?
Et puis, j'étais bien aise enfin de la connaître :
Je ne m'en repens pas.

MADAME ÉVRARD.

    Oui, je vois que d'abord
Sa conversation vous intéresse fort.

M. DUBRIAGE.

J'en conviens, et vraiment vous en seriez surprise.

MADAME ÉVRARD.

Fort bien; mais ce n'est pas pour causer qu'on l'a prise.

M. DUBRIAGE.

Soit. Elle me parlait de l'éducation.

MADAME ÉVRARD.

Allons ! c'est bien cela dont il est question !
 (*A Laure.*)
Descendez à l'instant.

LAURE.

  Que faut-il que je fasse ?

MADAME ÉVRARD.

Marthe va vous le dire. Allez donc.

     (*Laure sort.*)

SCÈNE V

M. DUBRIAGE, MADAME ÉVRARD.

M. DUBRIAGE.
Ah! de grâce,
Parlez-lui doucement : elle est timide.

MADAME ÉVRARD.
Bon !

M. DUBRIAGE.
Elle paraît sensible.

MADAME ÉVRARD.
Eh! qui vous dit que non?...
(Se radoucissant.)
D'ailleurs, à votre avis, suis-je donc si méchante?

M. DUBRIAGE.
Non... mais c'est que vraiment elle est intéressante;
Elle a...

MADAME ÉVRARD.
De la douceur peut-être, j'en conviens...
Mais rappelons, monsieur, cet aimable entretien,
Ces mots charmants qu'allait esprimer votre bouche...

M. DUBRIAGE.
Ce n'est pas seulement sa douceur qui me touche :
C'est qu'elle a de la grâce, un choix de termes purs,
Surtout de la sagesse et des principes sûrs.

MADAME ÉVRARD.
Oui, je le crois... Tantôt, ou je me suis trompée,
Ou d'un grand mouvement votre âme était frappée.

M. DUBRIAGE.
Cette fille a vraiment un mérite accompli.

MADAME ÉVRARD.
Vous ne parlez que d'elle, et semblez tout rempli...

Un moment vous a-t-il fait perdre la mémoire
Des discours de tantôt?

> M. DUBRIAGE.

Non : pourriez-vous le croire?...
Je vous suis attaché... Mais quoi! les mots touchants
De cette enfant...

> MADAME ÉVRARD.

Encor! c'est se moquer des gens.

> M. DUBRIAGE.

Vous avez de l'humeur.

> MADAME ÉVRARD.

Oui, je m'impatiente
De voir que vous parlez toujours d'une servante.

> M. DUBRIAGE.

C'est qu'elle est au-dessus vraiment de son état.
Elle a je ne sais quoi de doux, de délicat...

> MADAME ÉVRARD.

Oh! c'en est trop! S'il faut dire ce que j'en pense,
Cette fille me blesse, et me déplaît d'avance.

> M. DUBRIAGE.

Eh! pourquoi?

> MADAME ÉVRARD.

Je ne sais... mais elle me déplaît :
Je vous dis nettement la chose comme elle est.
Elle n'est bonne à rien, d'ailleurs, à rien qui vaille;
Et je crois qu'il vaut mieux d'abord qu'elle s'en aille.

> M. DUBRIAGE.

Qu'elle s'en aille! Qui, Laure?

> MADAME ÉVRARD.

Oui.

> M. DUBRIAGE.

Vous plaisantez!

MADAME ÉVRARD.

Moi, point du tout.

M. DUBRIAGE.

Comment !

MADAME ÉVRARD.

Ainsi vous hésitez,
Et vous me préférez la première venue,
Qu'à peine en ce moment vous connaissez de vue !

M. DUBRIAGE.

Non. Mais quoi ! je ne puis chasser ainsi...

MADAME ÉVRARD.

Fort bien.
C'est votre dernier mot ? Et moi, voici le mien :
Il faut que sur-le-champ l'une de nous deux sorte.

M. DUBRIAGE.

Eh ! quoi ? pouvez-vous bien me parler de la sorte ?

MADAME ÉVRARD.

Vous-même, entre nous deux, pouvez-vous balancer ?

M. DUBRIAGE.

Mais je puis vous chérir, et ne point la chasser.

MADAME ÉVRARD.

Non, monsieur ; chassez Laure, ou bien...

M. DUBRIAGE.

Quelle rudesse !

MADAME ÉVRARD.

Qu'elle sorte, ou je sors.

DUBRIAGE, *en colère.*

Vous êtes la maîtresse ;
Mais elle restera.

MADAME ÉVRARD.

Plaît-il ?

M. DUBRIAGE.

Oui, sur ce ton

Puisque vous le prenez, je la garde.

MADAME ÉVRARD.

Pardon,

Monsieur! mais...

M. DUBRIAGE.

Non. J'entends qu'ici Laure demeure;
Si cela vous déplaît, sortez... à la bonne heure :
Voilà mon dernier mot.

(Il sort très en colère.)

SCÈNE VI

MADAME ÉVRARD, *seule.*

L'ai-je bien entendu?
Est-ce donc là monsieur!... Comment, j'aurais perdu,
En ce fatal instant, le fruit de dix années...
Quand je touche au moment de les voir couronnées?
(*Après un moment de repos.*)
Il m'a dit tout cela dans un premier transport
Qui pourra se calmer... N'importe, j'ai grand tort.
Menacer, m'emporter, quelle imprudence extrême !
J'en avertis Ambroise, et j'y tombe moi-même!
S'il en est temps encor, revenons sur nos pas.

SCÈNE VII

MADAME ÉVRARD, CHARLE.

MADAME ÉVRARD.

Mon ami Charle!

CHARLE.

Eh bien ?

MADAME ÉVRARD.

Ah! vous ne savez pas!...
Avec monsieur je viens d'avoir une querelle...

CHARLE.

Quoi, vous! A quel propos, madame?

MADAME ÉVRARD.

A propos d'elle,

De Laure.

CHARLE.

Est-il possible!

MADAME ÉVRARD.

Eh! sans doute : j'ai dit
Qu'il fallait qu'à l'instant l'une de nous sortît.
Mais point du tout; monsieur, qui la protége et l'aime,
M'a dit...(le croiriez-vous?) « Eh bien, sortez vous-même. »
Et là-dessus, il est rentré fort en courroux.

CHARLE.

Vous m'étonnez? Aussi, comment le fâchez-vous?
Monsieur est bon maître, oui; mais enfin c'est un maître.

MADAME ÉVRARD.

J'en conviens, mon ami, j'ai quelque tort peut-être :
Mais cette fille-là me choque et me déplaît.

CHARLE.

Quel est son crime, au fond? Que vous a-t-elle fait?
Monsieur accepte Laure; il paraît content d'elle :
Et vous le tourmentez pour une bagatelle?

MADAME ÉVRARD.

Le mal est fait : voyons, comment le réparer?

CHARLE.

Aisément de ce pas vous saurez vous tirer.
Une fois de monsieur quand vous serez l'épouse,
De Laure assurément vous serez peu jalouse.

MADAME ÉVRARD.

A cet hymen, tantôt, j'ai cru le disposer :
Mais voici que tout change. Avant de l'épouser,
Il faut bien qu'avec lui je me réconcilie.

CHARLE.

Oui, j'entends.

MADAME ÉVRARD.

Aidez-moi, mon cher, je vous supplie.

CHARLE.

Vous n'avez pas besoin du tout de mon secours;
Et vous seule bientôt...

MADAME ÉVRARD.

Secondez-moi toujours...

Il sourient déjà! Bon.

CHARLE.

Il rêve, ce me semble.

MADAME ÉVRARD.

Tant mieux. J'espère encor... Laissez-nous donc ensemble.
   (Seule.)   (Charle sort.)
Voyons.
(Elle se tient à l'écart, et s'assied accoudée sur une
    table.)

SCÈNE VIII

M. DUBRIAGE, MADAME ÉVRARD.

M. DUBRIAGE, se croyant seul.

Personne ici...! Je suis bien malheureux!
Je suis bon à mes gens, et je fais tout pour eux;
Je suis leur père... eh bien, voyez la récompense!
Madame Évrard aussi...! Cependant, quand j'y pense,
Moi, j'ai pris feu peut-être un peu légèrement.
(Madame Évrard tire vite son mouchoir et s'en
   couvre le visage, comme pour essuyer ses larmes.)
Cette femme est sensible; et véritablement,
C'est la première fois qu'elle s'est emportée...
Je le confesse, oh! oui, je l'ai trop maltraitée.

MADAME ÉVRARD, *éclatant en sanglots.*

Oui, sans doute.

M. DUBRIAGE.

Ah ! c'est vous, bonne madame Évrard.

MADAME ÉVRARD, *levée, sanglotant toujours.*

Moi-même, dont, hélas ! sans pitié, sans égard,
Vous avez déchiré l'âme sensible et tendre.
A ce traitement-là j'étais loin de m'attendre,
Après dix ans de soins, de tendresse...

M. DUBRIAGE.

En effet,

Moi-même je ne sais comment cela s'est fait...

MADAME ÉVRARD.

Après ce coup, je puis supporter tout au monde:
Et dans une retraite ignorée et profonde...

M. DUBRIAGE.

Quoi ! vous songez encore à ce qui s'est passé ?

MADAME ÉVRARD.

Jamais le souvenir n'en peut être effacé.

M. DUBRIAGE.

Que dites-vous, madame ? Oublions, je vous prie,
Cette petite scène, et plus de brouillerie.

MADAME ÉVRARD.

Ah ! monsieur, je vois bien que vous ne m'aimez plus:
Je ferais désormais des efforts superflus...

M. DUBRIAGE.

Eh ! non, madame Évrard, je suis toujours le même;
Toujours, plus que jamais, croyez que je vous aime.

MADAME ÉVRARD.

Si vous m'aimiez un peu, pourriez-vous me chasser ?

M. DUBRIAGE.

Avez-vous pu vous-même ainsi me menacer ?

Nous sommes vifs tous deux... Allons, point de rancune
De part et d'autre; moi, je n'en conserve aucune:
Vous non plus, n'est-ce pas?

MADAME ÉVRARD.

Tenez, monsieur, je crains·
Que Laure ne nous donne ici quelques chagrins.

M. DUBRIAGE.

Ah! pouvez-vous le craindre? Elle en est incapable;
Tout annonce qu'elle est et douce et raisonnable.
Vous en serez contente, allez, je vous promets.

MADAME ÉVRARD.

Vous tenez donc beaucoup à cette fille?

M. DUBRIAGE.

Eh! mais...
Ambroise l'a donnée; et c'est lui faire injure
Que de la renvoyer: ainsi, je vous conjure,
N'en parlons plus; cessez d'insister sur ce point:
Surtout, madame Évrard, ne m'abandonnez point.

MADAME ÉVRARD.

J'en avais fait le vœu; mais, depuis cette affaire,
Je ne sais trop...

M. DUBRIAGE.

Comment, vous balancez, ma chère?
Je vous en prie.

MADAME ÉVRARD.

Allons: c'en est fait; je me rends.

M. DUBRIAGE.

Charmante femme!

SCÈNE IX

M. DUBRIAGE MADAME ÉVRARD, AMBROISE LAURE.

AMBROISE.

Eh bien, qu'est-ce donc que j'apprends?
Madame Evrard menace et veut que Laure sorte!
Oh ! je déclare...

M. DUBRIAGE.

Allons, le voilà qui s'emporte,
Comme à son ordinaire !

MADAME ÉVRARD.

Oui, nous sommes d'accord :
Vous serez satisfait, et personne ne sort.

(*Elle sort.*)

SCÈNE X

M. DUBRIAGE, AMBROISE, LAURE.

AMBROISE.

Elle rit; par hasard, serait-ce moi qu'on joue?

M. DUBRIAGE.

Eh! non; nous avons eu tous deux, je te l'avoue,
Même au sujet de Laure, un petit démêlé.

(*Il appuie sur ce mot.*)

Mais il n'y paraît plus. En maître j'ai parlé;
Laure nous reste.

AMBROISE.

Ah! bon.

M. DUBRIAGE.

Moi, j'aime cette fille:
Je la garde.

LAURE.

Monsieur !...

AMBROISE.

Elle est douce et gentille,

N'est-ce pas ?

M. DUBRIAGE.

Mais elle est bien mieux que tout cela ;
On n'a pas plus d'esprit, de raison qu'elle en a.

AMBROISE.

Oh ! j'en étais bien sûr, quand je vous l'ai donnée ;
Sans quoi, je n'aurais pas...

M. DUBRIAGE.

C'est qu'elle est très-bien née,
J'entends bien élevée. Il ne tiendra qu'à vous,
Laure, d'être longtemps... mais toujours avec nous.

LAURE.

Ah ! mon... monsieur, croyez que ma plus chère envie
Est de pouvoir ici passer toute ma vie.

AMBROISE.

Oh ! vous y resterez, en dépit qu'on en ait ;
(Il se reprend.)
C'est moi qui vous... je dis, monsieur vous le promet.
(Il sort.)

SCÈNE XI

M. DUBRIAGE, LAURE.

M. DUBRIAGE.

Oui, je vous le promets. Ne craignez rien, ma chère ;
Mais à madame Evrard tâchez pourtant de plaire...
Je songe à ce parent ; je voudrais voir aussi
Cet ami de province avec lequel ici

Vous êtes arrivée.

LAURE.

Ah ! qu'il aura de joie,
Si vous daignez, monsieur, permettre qu'il vous voie.

M. DUBRIAGE.

J'en augure très-bien, puisque vous l'estimez.
Est-il jeune ?

LAURE.

Oui, monsieur.

M. DUBRIAGE.

Ah ! jeune... Vous l'aimez !

LAURE, *simplement.*

Oui, monsieur : en l'aimant j'obéis à ma mère.
« Aime-la, lui dit-elle en mourant ; sois son frère. »
Il le promit : depuis il a tenu sa foi ;
Père, ami, protecteur, guide, il est tout pour moi.

M. DUBRIAGE.

Ce jeune homme à mes yeux est vraiment respectable ;
Et son cruel parent ?...

LAURE.

Peut-être est excusable ;
Car il ne connaît point mon ami ; mais enfin
Il se fera connaître, et ce n'est pas en vain
Que nous serons venus du fond de notre Alsace...

M. DUBRIAGE.

D'Alsace ! dites-vous... De quel endroit, de grâce ?

LAURE.

De Colmar.

M. DUBRIAGE.

De Colmar !

LAURE.

Oui, monsieur...

M. DUBRIAGE.

Dites-moi,

Vous avez à Colmar garnison, que je croi?

LAURE.

Oui, monsieur...

M. DUBRIAGE.

Je connais quelqu'un dans cette ville.
Un soldat; mais comment démêler entre mille?
Après tout, que sait-on?... il se nommait Armand...

LAURE.

Je le... connais.

M. DUBRIAGE.

Ah! ah! par quel hasard? comment?

LAURE.

Par un hasard, monsieur, qui jamais ne s'oublie.
Ce jeune homme à mon père avait sauvé la vie.
Jugez si le sauveur d'un père, d'un époux
Devait avec transport être accueilli de nous!
L'estime se joignit à la reconnaissance.
Nous vîmes qu'il était d'une honnête naissance,
Plein de cœur et d'esprit, brave et zélé soldat,
Comme s'il eût par goût embrassé cet état;
Et pourtant doux, honnête...

M. DUBRIAGE, à lui-même.

Oh! oui... le bon apôtre!

(A Laure.)
C'est assez; je vois bien que vous parlez d'un autre.

LAURE.

Cet Armand-là, monsieur, c'est pas le même.

M. DUBRIAGE.

Oh ! non.

Le mien, qui ne ressemble au vôtre que de non,
Est un mauvais sujet, sans raison, sans conduite.
Il s'enfuit un beau jour, et s'engage par suite,
Puis se marie, épouse une fille de rien,
Dont le moindre défaut fut de naître sans bien,
Qui menait une vie avant son mariage !...

LAURE, *très-vivement*.

Monsieur, rien n'est plus faux ; je réponds qu'elle est sage ;
Elle s'est, je l'avoue, éprise d'un soldat,
Mais estimable, honnête, ainsi que son état ;
Elle le vit, l'aima du vivant de son père ;
Il lui fut accordé par sa mourante mère ;
Elle l'aime ; il l'adore, et jusques aujourd'hui,
Elle a toujours vécu sagement avec lui.
Ce qu'on a pu vous dire est un mensonge infâme ;
Oui, l'épouse d'Armand est une honnête femme.

M. DUBRIAGE.

Mais vous la défendez !...

LAURE.

C'est moi que je défend !

M. DUBRIAGE.

C'est vous !...

LAURE, *toujours en colère*.

Eh ! oui, je suis cette femme d'Armand.

M. DUBRIAGE.

Quoi ! vous seriez ?...

LAURE, *à part, et revenant à elle*.

O ciel ! je me trahis moi-même.

M. DUBRIAGE.

Vous, ma nièce, bon Dieu !... Ma surprise est extrême.

LAURE, *aux genoux de M. Dubriage.*

Oui, monsieur, vous voyez cette triste moitié
D'un neveu malheureux, trop digne de pitié.
Moi-même à vos genoux je suis toute tremblante,
Et votre seul aspect me glace d'épouvante.

M. DUBRIAGE.

Relevez-vous, madame, et calmez vos esprits.
Tantôt, de votre air doux, de vos grâces épris,
Je vous trouvais aimable, et vous l'êtes encore.
Repousser une nièce, ayant accueilli Laure !
Ce serait à la fois être injuste et cruel.
Votre époux à mes yeux n'est pas moins criminel.
Mais quoi ! s'il m'a manqué, vous n'êtes point coupable,
Et votre sort déjà n'est que trop déplorable,
D'être la femme d'un...

LAURE.

      Ah ! soyez généreux :
C'est mon époux ; il est absent et malheureux.

SCÈNE XII

M. DUBRIAGE, LAURE, CHARLE.

M. DUBRIAGE.

Ah ! Charle, conçois-tu les transports de mon âme ?
Voilà ma nièce.

CHARLE.

    O ciel ! se pourrait-il ? Madame
Serait !

M. DUBRIAGE.

    C'est au hasard que je dois cet aveu.
Ma nièce, te dis-je, oui, femme de ce neveu

Dont je parlais tantôt, qui m'a fait tant de peine;
Mais pour elle, après tout, je ne sens nulle haine;
Et d'abord sur ce point j'ai su la rassurer.

CHARLE, *se ranimant.*

Ah! monsieur, est-il vrai? je n'osais l'espérer...
Si vous saviez quelle est en ce moment ma joie!
Eh quoi! le ciel enfin permet donc que je voie
A vos côtés... quelqu'un qui vous touche de près!...
Presque un enfant!... voilà ce que je désirais.

M. DUBRIAGE.

Charle, je suis sensible à ces marques de zèle...
     (*A Laure.*)
C'est un digne garçon, un serviteur fidèle,
Qui m'aime tout à fait, qui me sert d'amitié.

CHARLE.

Dans vos chagrins, monsieur, si je fus de moitié,
J'ai droit de partager aussi votre allégresse:
Car vous avez, sans doute, en voyant une nièce,
Dû sentir une vive et douce émotion.

M. DUBRIAGE.

Je ne m'en défends point; mais cette impression
Par d'amers souvenirs est bien empoisonnée.
Cette nièce, par qui m'a-t-elle été donnée?
Par un ingrat qui m'a mille fois outragé...
     (*A Laure.*)
Je vous fais de la peine, et j'en suis affligé;
Mais mon cœur ne se peut contenir davantage.

LAURE.

Hélas! continuez, si cela vous soulage.

CHARLE.

Moi, je ne puis juger que par ce que je vois;
Et je vois que du moins il a fait un bon choix.

M. DUBRIAGE.

De sa part, en effet, un tel choix est étrange.

LAURE.

Épargnez mon époux, ou trêve à la louange.

CHARLE.

Oui, ce discernement, monsieur, lui fait honneur,
Prouve qu'il est honnête et qu'il a dans le cœur
Le goût de la vertu; c'est un grand point, sans doute.

M. DUBRIAGE.

C'est assez.

CHARLE.

Un seul mot encore.

M. DUBRIAGE.

Eh bien, j'écoute.

CHARLE.

Il ne m'appartient pas de le justifier;
Mais, au moins, des rapports il faut se défier.
De ce pauvre neveu l'on vous peignait la femme
Sous d'affreuses couleurs; et vous voyez madame !

M. DUBRIAGE.

Oui, parlons de la nièce, et laissons le neveu.
   (Se reprenant.)
Mais j'ai fait devant Charle un indiscret aveu ·
Du premier mouvement je n'ai point été maître;
Mon ami, gardez-vous de rien faire paraître...

CHARLE.

Ah ! monsieur... cependant il faudra tôt ou tard...

M. DUBRIAGE.

Il n'importe, mon cher; avec madame Évrard
J'ai des ménagements à garder; et vous, Laure,
Rejoignez-le, sachez dissimuler encore.

LAURE.

Oui, mon oncle.

M. DUBRIAGE.

Fort bien :
(Avec tendresse, après une petite pause.)
       D'un malheureux neveu
Je vois, ma chère enfant, que vous me tiendrez lieu.

LAURE.

Cher oncle ! ce neveu que votre haine accable...
Pardonnez... à vos yeux il est donc bien coupable ?

M. DUBRIAGE.

S'il l'est, l'ingrat !... Tenez... de grâce... sur ce point
Expliquons-nous d'ava**?**e, et ne nous trompons point
Une fois reconnue, et même avec tendresse,
Peut-être espérez-vous, par vos soins, votre adresse,
Pour votre époux bientôt obtenir le pardon :
Vous vous trompez : je puis être juste, être bon
Pour vous, aimable, douce, en un mot, innocente,
Sans qu'à revoir Armand de mes jours je consente.
Vous m'entendez, ma nièce ; ainsi donc voulez-vous
Rester ici ? Jamais un mot de votre époux :
Pas un.

LAURE.

     J'obéirai, monsieur, quoi qu'il m'en coûte.

M. DUBRIAGE.

Il en coûte à mon cœur pour vous blesser sans doute ;
Mais il le faut : je veux vivre et mourir en paix.
Me le promettez-vous ?

LAURE.

      Oui, je vous le promets,
Mon cher oncle.

M. DUBRIAGE.

Fort bien, mais descendez, vous dis-je.

LAURE.

J'y vais.

M. DUBRIAGE, *à part.*

C'est à regret, hélas! que je l'afflige.

(*Haut.*)

Suis-moi, Charle.

(*Il sort.*)

SCÈNE XIII

LAURE, CHARLE.

CHARLE, *bas à Laure.*

Courage! espérons tout du ciel :
Te voilà reconnue, et c'est l'essentiel.

(*Ils sortent chacun de son côté.*)

FIN DU QUATRIÈME ACTE,

ACTE CINQUIÈME

SCÈNE PREMIÈRE

CHARLE, GEORGE.

GEORGE.

Non, vous avez beau dire, et plus tôt que plus tard
Il faut brouiller Ambroise avec madame Évrard,
Je vais donc le trouver, et lui faire connaître
Que sa future aspire à la main de son maître.

CHARLE.

C'est trahir un secret.

GEORGE.

Bon ! il est bien permis
De chercher à brouiller entre eux ses ennemis.
Ambroise, à ce seul mot, va s'emporter contre elle.
Il en doit résulter une bonne querelle ;
Et tant mieux ! j'aime à voir quereller les méchants :
C'est un repos du moins pour les honnêtes gens.
Laissez faire.

(Il sort.)

SCÈNE II

CHARLE, seul.

Quel zèle à me rendre service !
Quel ami ! Le méchant peut trouver un complice ;

Mais il n'est ici-bas, et le ciel l'a permis,
Que les honnêtes gens qui puissent être amis.

SCÈNE III

MADAME ÉVRARD, CHARLE.

MADAME ÉVRARD.

Ah! Charle, ah! mon ami, savez-vous la nouvelle,
La découverte affreuse...?

CHARLE.

         Affreuse! eh! quelle est elle,
Madame?

MADAME ÉVRARD.

Cette Laure est femme du neveu.

CHARLE.

Comment?

MADAME ÉVRARD.

     Eh! oui, l'on vient de m'en faire l'aveu
A l'instant.

CHARLE.

   Bon! qui donc a pu...?

MADAME ÉVRARD.

           Monsieur lui-même;
Et ce n'a pas été sans une peine extrême.
Je l'ai vu tout à coup distrait, embarrassé:
Car j'ai le coup d'œil sûr; et je l'ai tant pressé
(A cet âge on n'a pas la force de se faire),
Qu'enfin j'ai pénétré cet horrible mystère.

CHARLE.

C'est la nièce!

MADAME ÉVRARD.

    Ah! l'instinct ne saurait nous trahir;

Vous voyez si j'avais sujet de la haïr !
Quand je touche au moment d'être ici la maîtresse,
Quand je vais épouser, il faut qu'elle paraisse !
Car j'aurai fait en vain jouer mille ressorts ;
Si Laure reste ici, mon ami, moi j'en sors.

CHARLE.

Eh ! mais !...

MADAME ÉVRARD.

Vous-même aussi ; nous sortons l'un et l'autre.

CHARLE.

Vous croyez ?

MADAME ÉVRARD.

Oui, ma chute entraînera la vôtre :
La protectrice à bas, adieu le protégé.

CHARLE.

Je voudrais bien pourtant n'avoir pas mon congé.

MADAME ÉVRARD.

Il n'en est qu'un moyen : arrangeons-nous de sorte
Qu'au lieu de nous, mon cher, ce soit elle qui sorte.

CHARLE.

Elle qui sorte ?

MADAME ÉVRARD.

Eh ! oui.

CHARLE.

Mais vous n'y pensez pas.

MADAME ÉVRARD.

C'est l'unique moyen de sortir d'embarras.
Il faudra soutenir qu'elle n'est pas la nièce,
Et même le prouver.

CHARLE.

Dieu, quelle hardiesse !

Mais quels sont pour cela vos moyens?

MADAME ÉVRARD.

Tout est prêt.

Armand va nous servir...

CHARLE.

Et comment, s'il vous plaît?

MADAME ÉVRARD.

Armand va, de Colmar, écrire que sa femme
Est là-bas, près de lui.

CHARLE.

Qu'entends-je? ah! ciel! madame!
Contrefaire une lettre!

MADAME ÉVRARD.

Oh! que non pas : d'abord
Ce faux serait, je pense, un trait un peu trop fort;
Ce serait une vaine et grossière imposture;
Car monsieur du neveu connaît bien l'écriture :
Mais, comme vous savez, j'ai des lettres d'Armand,
Et j'en montre une.

CHARLE.

Bon!

MADAME ÉVRARD.

Oui, Julien à l'instant

Va l'apporter.

CHARLE.

Eh! mais, la date?...

MADAME ÉVRARD.

Je la change.
Ambroise, en paraissant venir de chez Lagrange,
Va, par un faux récit, porter les premiers coups.
J'affecterai d'abord l'air incrédule et doux;
Mais j'appuie, en effet, et je montre la lettre;

La nièce partira, j'ose bien le promettre.

CHARLE.

Soit. Mais à des papiers, car elle en peut avoir,
Que répliquerez-vous? Je voudrais le savoir.

MADAME ÉVRARD.

Il ne la verra point.

CHARLE.

En êtes-vous bien sûr?

MADAME ÉVRARD.

Oui, si vous nous aidez. Sachez, je vous conjure,
La retenir là-bas, tandis qu'Amtroise et moi
Nous nous chargeons ici de monsieur.

CHARLE.

Bien, ma foi!
Madame, j'aurai soin de ne pas quitter Laure.

MADAME ÉVRARD.

Voici monsieur : je dois dissimuler encore:
Allez.

CHARLE, *à part.*

Je vais... parer à ce coup imprévu.

(*Il sort.*)

SCÈNE IV

MADAME ÉVRARD, M. DUBRIAGE

MADAME ÉVRARD, *à part.*
(*Haut.*)
Ne désespérons pas... Vous semblez bien ému.

M. DUBRIAGE.

Mais mon émotion est assez naturelle.

MADAME ÉVRARD.

Très-naturelle, oh! oui!... Madame, où donc est-elle?

M. DUBRIAGE.

Dans sa chambre, elle écrit. Elle est bien, entre nous,
Très-bien.

MADAME ÉVRARD.

Pour en juger, je m'en rapporte à vous.

M. DUBRIAGE.

Comme vous aviez pris le change sur son compte!
Convenez-en.

MADAME ÉVRARD.

D'accord, oui, vraiment : j'en ai honte
Pour ceux qui m'ont trompée. On se prévient d'abord
Pour ou contre les gens, et souvent on a tort.

M. DUBRIAGE.

Si sur Armand lui-même, et pendant son absence,
Nous étions abusés?

MADAME ÉVRARD.

Ah! quelle différence!
Nous ne sommes que trop instruits de ses excès.
Eh! n'avons-nous pas vu ses lettres?

M. DUBRIAGE.

Je le sais...
Des torts d'Armand, du reste, elle n'est pas coupable.
La pauvre enfant!

MADAME ÉVRARD.

Oh! non. Vous êtes équitable,
Et ne confondez point le bon et le méchant.

M. DUBRIAGE.

Elle est bonne, en effet· elle a l'air si touchant!..

MADAME ÉVRARD.

Oui, qui prévient pour elle: il faut que j'en convienne;
Et d'ailleurs, il suffit qu'elle vous appartienne
Pour m'être chère, à moi.

M. DUBRIAGE.

Voilà bien votre cœur!

MADAME ÉVRARD.

Hélas! je ne veux rien, rien que votre bonheur.

M. DUBRIAGE.

Chère madame Évrard!... Mais Ambroise s'avance
Fort agité...

MADAME ÉVRARD.

C'est là sa manière, je pense.

SCÈNE V

M. DUBRIAGE, MADAME ÉVRARD, AMBROISE.

M. DUBRIAGE.

Qu'avez-vous, Ambroise?

AMBROISE.

Ah!... j'étouffe de courroux!
On m'a trompé... Que dis-je? on nous a trompés tous:
Cette Laure, qu'ici l'on me fait introduire...

MADAME ÉVRARD.

Eh! mon Dieu, nous savons ce que vous voulez dire.

AMBROISE.

Vous sauriez déjà...?

MADAME ÉVRARD.

Tout, et ce n'est pas, je croi,
De quoi tant se fâcher, Ambroise.

AMBROISE.

Pas de quoi!

Comment! lorsque j'apprends...?

MADAME ÉVRARD.

                   Oui, que madame Laure

Est nièce de monsieur...

AMBROISE.

              Vous vous trompez encore;

Elle n'est point sa nièce.

M. DUBRIAGE.

         Elle n'est pas...?

AMBROISE.

                    Eh! non.

Je sors de chez Lagrange; il m'a tout dit.

MADAME ÉVRARD.

                    Quoi donc?

AMBROISE.

Il m'a dit que d'Armand Laure n'est point la femme,
Mais une aventurière.

MADAME ÉVRARD.

         Allons!

AMBROISE.

             Paix donc, madame!

MADAME ÉVRARD.

Mais comment écouter des contes?

AMBROISE.

               Un moment.

Elle est bien de Colmar : elle connaît Armand,
Sans peine elle aura su qu'à Paris ce jeune homme
Avait un oncle riche; elle entend qu'on le nomme :
Elle écoute, s'informe, et recueille avec soin
Tous les renseignements dont elle aura besoin;
Elle part; de Paris elle fait le voyage,
Et s'offre comme nièce à monsieur Dubriage.

M. DUBRIAGE.

O ciel! qu'entends-je? eh! mais...

MADAME ÉVRARD.

Il se pourrait, monsieur...?

M. DUBRIAGE.

Non, Ambroise se trompe, et l'air seul de candeur...

AMBROISE.

De candeur! c'est encor ce que m'a dit Lagrange...
Elle connaît son monde, et là-dessus s'arrange :
Elle sait que monsieur est un homme de bien,
Un sage; elle a dès lors composé son maintien,
Et vient jouer ici la vertu, l'innocence.

MADAME ÉVRARD.

Quoi! ce serait un jeu que cet air de décence?
Il est vrai que d'Armand elle parle fort peu.

M. DUBRIAGE.

J'ai défendu qu'on dit un seul mot du neveu.

AMBROISE.

Si c'était son époux, vous obéirait-elle?

MADAME ÉVRARD.

A semblable promesse on n'est pas très-fidèle.
Où donc est ce neveu?

AMBROISE.

Preuve encor que cela.
Si Laure était sa femme, il serait bientôt là.

MADAME ÉVRARD.

En effet, il devrait...

M. DUBRIAGE.

Il n'oserait, madame.

AMBROISE.

Il eût osé déjà si Laure était sa femme.

M. DUBRIAGE.

Mais quel fut son espoir? car pour moi je m'y perds...
Ce secret tôt ou tard se serait découvert.

AMBROISE.

Elle eût, en attendant, su vous tirer, peut-être,
Quelques louis, et puis, un beau jour disparaître.

MADAME ÉVRARD.

Ce ne sont encor là que des présomptions.

M. DUBRIAGE.

C'est un point qu'il est bon que nous éclaircissions:
Il faudrait...

AMBROISE.

La chasser.

MADAME ÉVRARD.

                    Oh! non; il faut attendre;
On ne condamne point les gens sans les entendre;
  (A M. Dubriage.)
N'est-il pas vrai, monsieur?

M. DUBRIAGE.

                    Sans doute... appelons-la;
Nous allons voir du moins ce qu'elle répondra.

MADAME ÉVRARD.

Fort bien! j'entends quelqu'un... Que viens-tu me re-
Petit Julien?   [mettre,

JULIEN.

        Madame, eh! mais, c'est une lettre.

MADAME ÉVRARD.

    (Il sort.)
Donne donc... Ah! je vois le timbre de Colmar.

M. DUBRIAGE.

De Colmar, dites-vous?... Serait-ce, par hasard,
Une lettre d'Armand?... Enfin il s'en avise!...

Eh! que peut-il m'écrire?

MADAME ÉVRARD.

Encor quelque sottise!
A votre place, moi, je ne la lirais pas.

M. DUBRIAGE.

Cette lettre pourra me tirer d'embarras.
Lisez.

MADAME ÉVRARD.

Lisez vous-même.

M. DUBRIAGE *lit*.

Ah! j'ai peine à comprendre...

MADAME ÉVRARD.

Quoi?

M. DUBRIAGE.

Cette lettre va vous-même vous surprendre.
Tenez, vous allez voir : écoutez un moment.
    (*Lisant*.)
« Mon cher oncle. » Ah! cher oncle! il est bien temps vrai-
« Pour la vingtième fois j'ose encor vous écrire...» [ment!
    (*S'interrompant*.)
Madame, que dit-il? pour la vingtième fois!
Vingt lettres!

MADAME ÉVRARD.

Je ne sais : je n'en ai vu que trois...
Mais quoi! voulez-vous bien continuer de lire,
Monsieur?

M. DUBRIAGE, *continuant de lire*.

    « En ce moment Laure est à mes côtés;
Elle veut que j'implore encore vos bontés.
Aisément, je l'avoue, elle me persuade...
Trop chère épouse! hélas! Elle est un peu malade :
Mais quoi! c'est le chagrin d'être ainsi loin de vous!

Quand pourrons-nous tous deux embrasser vos genoux,
Mon oncle? quels transports seraient alors les nôtres!... »
(Fermant la lettre.)
Mais cette lettre-là n'est pas du ton des autres.

MADAME ÉVRARD.

Qu'importe? je ne vois qu'une chose en ceci :
Si Laure est à Colmar, elle n'est pas ici.

AMBROISE.

Parbleu! je disais bien que ce n'était pas elle.
Vous voyez si j'ai fait un rapport infidèle!

M. DUBRIAGE.

Je ne le vois que trop. Je demeure frappé
Comme d'un coup de foudre... Elle m'aurait trompé!

MADAME ÉVRARD.

Rien ne paraît plus clair... Mais, ô ciel! quelle trame!

AMBROISE.

Affreuse! Allons, je vais renvoyer cette femme.

M. DUBRIAGE.

Non, non : je veux la voir, moi-même la chasser...

MADAME ÉVRARD.

Comment! vous?

M. DUBRIAGE.

Oui, je veux lui faire confesser.

MADAME ÉVRARD.

Vous ne la verrez pas, monsieur, c'est impossible;
Non, cela vous tûrait : vous êtes trop sensible;
Eh! j'ai moi-même ici peine à me contenir.
J'étais d'abord pour elle, il faut en convenir, —
Mais cet horrible trait me révolte et m'indigne...
Et vous la verriez! Non. Que cette fourbe insigne
Sans retour disparaisse. Ambroise, avant la nuit,
Faites-la déloger sans scandale et sans bruit.

AMBROISE.

A l'instant je m'en charge, et de la bonne sorte.

M. DUBRIAGE.

Ne la maltraitez pas.

MADAME ÉVRARD.

Il suffit qu'elle sorte.

AMBROISE.

Oui, Laure va sortir... tout à l'heure...

SCÈNE VI

CHARLE, M. DUBRIAGE, Madame ÉVRARD,
AMBROISE.

CHARLE.

Arrêtez !

Ne renvoyons personne.

MADAME ÉVRARD.

Et quoi donc ?...

CHARLE.

Écoutez...

(A M. Dubriage.)
De madame je sais le fond de ce mystère :
Il faut que je me mêle un peu de cette affaire.

MADAME ÉVRARD.

Que veut dire ceci ? Charle est-il contre nous ?

CHARLE.

Si Charle avait lui-même à se plaindre de vous !

MADAME ÉVRARD.

Ah ! je vois ce que c'est : Laure est jeune et gentille ;
Charle l'aime, et dès lors il soutient cette fille.

AMBROISE.

Oui, sans doute ; en deux mots, voilà tout le secret.

M. DUBRIAGE.

Non ; Charle est honnête homme.

CHARLE, à madame Évrard.

Ah ! je le suis. Au fait ;
Répondez...

MADAME ÉVRARD.

De quel droit... ?

CHARLE.

Voulez-vous bien permettre... ?
Vous dites donc qu'Armand vient d'écrire une lettre ?

MADAME ÉVRARD.

Eh ! oui.

CHARLE.

J'en suis fâché pour vous, madame Évrard ;
Mais cet Armand, qu'on fait écrire de Colmar,
Est ici, chez son oncle ; et c'est lui qui vous parle ;
Je suis Armand.

MADAME ÉVRARD.

Ah ! ciel !

AMBROISE.

Se peut-il ?...

M. DUBRIAGE.

Eh quoi ! Charle
Serait... !

CHARLE.

Ils m'ont réduit à ce déguisement ;
Mais, sous le nom de Charle, enfin, je suis Armand.

AMBROISE.

Allons donc !

CHARLE.

Un seul mot va leur fermer la bouche ;

J'ai servi, mon cher oncle, et voici ma cartouche
Par là jugez du reste. Auprès de vous ainsi
Ils m'ont, pendant dix ans, calomnié, noirci.
Mais de mon père, hélas! cet extrait mortuaire,
(*Présentant successivement à M. Dubriage toutes
les pièces qu'il annonce.*)
Mon extrait de baptême, et celui de ma mère,
Qui, mourant, de mon sort sur vous se reposa,
                    (*Montrant madame Évrard.*)
Et dix lettres... que sais-je ?... où cette femme osa
Me défendre d'écrire, et surtout de paraître;
Tout parle en ma faveur, tout me fait reconnaître :
Tout vous dit que je suis Armand, votre neveu,
Le fils de votre sœur, votre sang.

M. DUBRIAGE.

                    Juste Dieu !

Tu serais... ?

SCÈNE VII

GEORGE, CHARLE, M. DUBRIAGE, MADAME ÉVRARD, AMBROISE.

GEORGE.

          Armand, oui ; croyez mon témoignage ;
La vérité n'est qu'une et n'a qu'un seul langage ;
La vérité se peint dans mes simples discours...
     (*Voyant arriver Laure.*)
Ah! madame, venez, venez à mon secours.
Armand est reconnu.

SCÈNE VIII

LAURE, GEORGE, AMBROISE, CHARLE, M. DUBRIAGE, MADAME ÉVRARD.

LAURE, *se jetant aux pieds de son oncle.*

Monsieur, faites-lui grâce!
Qu'il reste auprès de vous, ou bien que l'on me chasse!

M. DUBRIAGE.

Non, non; tous vos discours, et je le sens trop bien,
Partent du fond du cœur, et vont jusques au mien.
Ah! je vous crois, amis: j'ai besoin de vous croire;
Et je perce à la fois plus d'une trame noire.
(*Se tournant vers madame Évrard et Ambroise.*)
Vous sentez bien qu'ici vous ne pourez rester.

MADAME ÉVRARD.

Je n'en ai pas envie... Eh! qui peut m'arrêter?
J'ai voulu, j'en conviens, devenir votre épouse;
De les servir tous deux me croyez-vous jalouse?
Allez, au fond du cœur vous me regretterez,
Et peut-être, avant peu, vous me rappellerez:
Il n'en sera plus temps. Adieu.
(*Elle sort avec Ambroise.*)

SCÈNE IX

M. DUBRIAGE, CHARLE, LAURE, GEORGE.

GEORGE.

Les bons l'emportent:
C'est nous qui demeurons, et les voilà qui sortent.

M. DUBRIAGE.

Eh! voilà donc les gens que j'ai crus si longtemps!
Ce sont eux qui m'ont fait bannir, pendant dix ans,

Un neveu plein pour moi de respect, de tendresse.
  (A Armand.)
Me pardonneras-tu cette longue détresse ?

CHARLE.

Ah ! ne rappelons point tous mes chagrins passés :
Par cet instant de joie ils sont tous effacés.

M. DUBRIAGE.

Est-il vrai ?

LAURE.

          Je le sens, qu'aisément tout s'oublie,
Quand avec son cher oncle on se réconcilie.

M. DUBRIAGE.

De l'effort que j'ai fait je suis tout étonné,
  (A Charle.)
Il faut que ta présence ici m'ait redonné
Un peu de l'énergie, oui, de ce caractère
Que j'avais autrefois; car je ne puis le taire,
En m'isolant ainsi, je sens que j'ai perdu
Plus d'une jouissance et plus d'une vertu.
Trop juste châtiment ! Quiconque fut rebelle
Aux lois de la nature en est puni par elle.

CHARLE.

Mais, à propos, d'Arras cinq cousins sont venus.

M. DUBRIAGE.

Les Armand ? Eh ! pourquoi ne les ai-je pas vus ?

CHARLE.

Madame Évrard les a congédiés sur l'heure :
Mais j'irai les chercher : ils m'ont dit leur demeure.
Mon oncle, vous ferez un sort à chacun d'eux,
N'est-ce pas ?

M. DUBRIAGE.

          Sûrement, mon ami; trop heureux

D'assister des parents restés dans la misère !
Ah ! cela vaut bien mieux que ce que j'allais faire,
Me mariant si tard, comme tant d'autres font,
Pour réparer un tort, j'en avais un second.
Cela ne sied qu'à vous, jeunes gens que vous êtes !
C'est toi, mon cher Armand, qui vas payer mes dettes.

CHARLE.

Oui, mon oncle.

M. DUBRIAGE.

Plus d'oncle ; oui, je vous le défends :
Dites *mon père*, moi, je dis bien mes enfants.

CHARLE.

Oui, mon père !

LAURE.

Mon père !

M. DUBRIAGE.

Allons donc ! cette image
De la réalité console et dédommage.

LAURE *et* CHARLE.

Mon père !

GEORGE.

Cher parrain !

M. DUBRIAGE.

Douce et touchante erreur !

(*Soupirant.*)
Si quelque chose manque encore à mon bonheur,
C'est ma faute . du moins, mes regrets salutaires
Seront une leçon pour les célibataires.

FIN DU VIEUX CÉLIBATAIRE.

MONSIEUR DE CRAC

DANS SON PETIT CASTEL

COMÉDIE EN UN ACTE ET EN VERS

AVEC UN DIVERTISSEMENT

présentée pour la première fois par les comédiens français
le 4 mars 1791.

M. DE CRAC.

PERSONNAGES

M. DE CRAC (le baron de).
MADEMOISELLE DE CRAC, sa fille.
M. D'IRLAC, sous le nom de SAINT-BRICE, fils de M.
   Crac.
M. FRANCHEVAL, amant de mademoiselle de Crac.
M. VERDAC, parasite.
THOMAS, laquais, jardinier et garde.
JACK, page de M. de Crac.
LE MAGISTER du village.
TOUT LE VILLAGE.

La scène est au château de Crac, assez près de la Garor

MONSIEUR DE CRAC

DANS SON PETIT CASTEL

SCÈNE PREMIÈRE

SAINT-BRICE, *seul*.

Oui, des événements j'admire le caprice :
Moi, d'Irlac, fils de Crac, passe ici pour Saint-Brice !
Après quinze ans d'absence, à la fin revenu
Dans mon pays natal, je m'y vois méconnu.
Des mains de trois chasseurs, le soir, je débarrasse
Un homme : et c'était...qui ? Crac, mon père ; il m'embrasse
Sans me connaître encore ; en son petit château,
Où j'allais, il m'emmène, et j'entre *incognito*.
Je suis fort bien reçu de la jeune Lucile ;
Le papa me retient ; moi, je suis si facile !
Il est brave homme au fond, spirituel et gai ;
Il n'a, ces quatre jours, pas dit un mot de vrai,
Cependant ; le terroir peut lui servir d'excuse.
A renchérir sur lui, voyons, que je m'amuse.
Si j'ai perdu l'accent, pour hâbler... que sait-on ?
Un voyageur vaut bien pour le moins un Gascon.
Parlons peu, mais tranchons : l'air aisé, le ton ferme,
Du front ; gardons surtout d'hésiter sur le terme.
Le papa près de moi ne sera qu'un enfant ;
S'il me parle d'un loup, je cite un éléphant.
Peut-être est-ce manquer de respect au cher père ;
Mais le cœur paternel fera grâce, j'espère :

Puis on pardonne tout aux jours de carnaval ;
Oh ! oui ; voici ma sœur ; mais elle n'est pas mal.

SCÈNE II

SAINT-BRICE, Mademoiselle DE CRAC.

SAINT-BRICE.

Ah ! je vous vois d'abord ; c'est un heureux présage.
Déjà levée !

MADEMOISELLE DE CRAC, *avec l'accent.*

Eh mais, c'est assez mon usage.
Ici, grâce à l'emploi qué l'on fait dé ses jours,
Plus tôt on les commence, et plus ils semblent courts.

SAINT-BRICE.

Je pense bien ainsi, surtout en ces demeures ;
Les jours coulent, je crois, plus vite que des heures.

MADEMOISELLE DE CRAC.

Ah ! dé grâce...

SAINT-BRICE.

Oui, croyez qu'en des instants si doux,
Je regrette le temps que j'ai passé sans vous.

MADEMOISELLE DE CRAC.

Toujours à cé ton-là jé mé trouve étrangère,
Bien qu'en cetté maison parfois on ésagère.

SAINT-BRICE.

En effet, le papa ne s'en tira pas mal.
Il nous fit, hier soir, un conte sans égal.

MADEMOISELLE DE CRAC.

Jé l'avoûrai, mon père assez souvent s'amuse,
Mais sans dessein pourtant... non pas qué jé l'éscuse ;
Car moi, jé n'aime rien qué la sincérité.

SAINT-BRICE.

Ni moi ; pardon... j'ai cru, je me suis trop flatté,

Trouver entre nos goûts un peu de ressemblance.

MADEMOISELLE DE CRAC.

Monsieur... si j'ose ici diré cé qué jé pense,
Entré nos traits, jé crois, il est quelqué rapport.

SAINT-BRICE.

Eh bien, je vous l'avoue, il m'a frappé d'abord.

MADEMOISELLE DE CRAC.

Oui, vous mé rappelez lé souvenir d'un frère,
Qué j'aimais tendrement, à qui j'étais bien chère :
Il serait dé votre âge... Ah ! régrets superflus !
Cé frère si chéri, probablement n'est plus,
Dès longtemps nous n'avons dé lui nullé nouvelle.

SAINT-BRICE.

Se peut-il ? Que sait-on pourtant, mademoiselle ?
Des frères qu'on crut morts... ressuscitent souvent.
Peut-être un jour...

MADEMOISELLE DE CRAC.

                    Eh mais, si lé mien est vivant,
Il m'oublie ; et cé coup né m'est pas moins sensible.

SAINT-BRICE.

Vous oublier ? Oh ! non, cela n'est pas possible.

MADEMOISELLE DE CRAC.

Monsieur, c'est l'un ou l'autre.

SAINT-BRICE.

                    En un mot, espérez ;
Car j'ai dans l'idée, oui, que vous le reverrez.

MADEMOISELLE DE CRAC.

Jé né m'en flatte plus.

SAINT-BRICE.

                    De l'absence d'un frère,
En tous cas, un amant console et sait distraire.

MADEMOISELLE DE CRAC.

Un amant, dites-vous?

SAINT-BRICE.

Eh! oui... vous rougissez!

MADEMOISELLE DE CRAC.

Qui? moi, monsieur?

SAINT-BRICE.

Vous-même, et c'est en dire assez.
Au fait, s'il est heureux, il est digne de l'être;
Et j'aurais grand plaisir... On vient; c'est lui peut-être?

MADEMOISELLE DE CRAC, vivement.

Lui-même.

SAINT-BRICE.

Alors je vais troubler votre entretien:
Je crains d'être importun.

MADEMOISELLE DE CRAC.

Monsieur, né craignez rien.

SAINT-BRICE.

(A part.)

Vous permettez, je reste. Il me prend fantaisie
De donner à l'amant un peu de jalousie.

SCÈNE III

LES PRÉCÉDENTS, M. FRANCHEVAL.

FRANCHEVAL, avec l'accent et le ton vif; de loin,
à part.

Quel contré-temps? Encore avec cet étranger!
(Haut.)
Pardon, mademoiselle, on peut vous déranger?

MADEMOISELLE DE CRAC, à Francheval

Eh! pourquoi donc, monsieur, cette cérémonie?

FRANCHEVAL.

Jé né vous savais pas si tôt en compagnie,
Sans quoi... L'on m'avait dit qu'avec votré papa
Dès lé matin, monsieur chassait...

MADEMOISELLE DE CRAC.

On vous trompe.

FRANCHEVAL.

Eh ! mais, jé lé vois bien.

SAINT-BRICE, *froidement.*

Moi, je ne chasse guère :
Un aimable entretien sait beaucoup mieux me plaire.

FRANCHEVAL.

C'est cé qui mé paraît ; et même j'ai trouvé
L'entretien des plus vifs, quand jé suis arrivé.

SAINT-BRICE.

Oui, car j'entretenais de vous, mademoiselle.

FRANCHEVAL.

Jé vous suis obligé dé cet excès dé zèle ;
Mais dé votré discours fus-jé seul le sujet ?

SAINT-BRICE.

Vous êtes curieux, monsieur.

FRANCHEVAL.

Et vous, discret.

MADEMOISELLE DE CRAC.

Et vous, toujours trop vif, comme à votre ordinaire.
Mais j'aperçois Verdac, et jé né l'aimé guère :
Vous permettez, messieurs ? Jé vous laisse avec lui.

SAINT-BRICE.

Je vous suis. Le Verdac me cause de l'ennui ;
(*Mademoiselle de Crac sort.*)
Et moi-même à monsieur je vais céder la place :
Vous pardonnez, j'espère ?

FRANCHEVAL.

> Au moins un mot, de grâce.
Quand pourra-t-on, monsieur, vous voir seul un instant?

SAINT-BRICE.

Quand vous voudrez, tantôt.

FRANCHEVAL.

> J'y compte.

SAINT-BRICE.

> Et moi, j'entend.
> (*Il sort.*)

SCÈNE IV

M. FRANCHEVAL, M. VERDAC.

VERDAC.

Je crois que l'on me fuit : la petite personne
Ne m'aime pas beaucoup, du moins je le soupçonne.

FRANCHEVAL, *de mauvaise humeur.*

Elle a pour les flatteurs peu d'inclination.

VERDAC.

D'autres n'ont pas pour eux la même aversion ;
En flatteurs caressés cet univers abonde.
L'art de flatter, mon cher, est vieux comme le monde.
Ève a péché, pourquoi? Parce qu'on la flatta ;
Esemple que depuis mainte femme imita.
C'est un poison si doux, qui chatouille les âmes...
Que d'hommes, en ce point, de tout temps furent femmes !
Mon varon l'est surtout ; or, c'est l'essentiel.
Si la fille me hait, mon poison, grâce au ciel,
Dans le cœur du papa se glisse à la sourdine;
Il m'aime enfin, et c'est chez le papa qu'on dîne.

FRANCHEVAL.

Comment pour un repas blesser la vérité !

VERDAC.

Un bon répas jamais fut-il trop acheté?
Et qué m'en coûté-t-il? un peu dé complaisance.
Jé n'ai pas avec lui bésoin dé médisance.
Il suffit dé lé croire : il hâble à chaque mot,
C'est sa manie ; hé donc, jé serais un grand sot
D'aller lé démentir sur uné vagatelle.

FRANCHEVAL.

Mais la délicatesse enfin nous permet-elle?...

VERDAC.

Votré délicatesse est bien peu dé saison :
Quand on a bonné table, on a toujours raison,
Aussi jé crois d'avance à tout cé qu'il va dire.
S'il parle, j'applaudis ; jé ris dés qu'il veut rire.
Jé né suis pas sa dupe, il m'amuse *in petto*.
Par là jé m'établis dans son pétit château,
Château qui n'est au fond qu'uné gentilhommière ;
Qué dis-je ! cé sérait uné simple chaumière ;
On y dîne, mon cher, on y soupe ; il suffit :
Crac en a lé plaisir, et j'en ai lé profit.

FRANCHEVAL.

(*On entend un cor.*)

A merveille, monsieur; mais j'entends grand tapage.
Ah ! c'est notré chasseur avec son équipage.

VERDAC.

Son équipage? Oh ! oui, léquel est composé
D'un jardinier bonace, en garde déguisé,
D'un page, pétit pauvre, errant dans la contrée,
Qué dé Crac affubla d'un morceau dé livrée.
Jack est essentiel. En cé pétit garçon
On voit lé dindonnier, lé page et l'échanson.
Il s'acquitte assez bien surtout du dernier rôle.

Mais voici tout lé train, il n'est rien dé plus drôle.

(On entend le cor de plus près.)

SCÈNE V

Les mêmes, M. DE CRAC, THOMAS, JACK, *quatre
petits garçons, paysans, armés de bâtons.*

M. DE CRAC, *gravement.*

Enfants, pétits laquais qué jé né logé pas,
Jé suis content : allez, je patrai vos papas.
On né mé vit jamais prodigué dé louanges,
Mais ils ont rabattu comme des pétits anges.

(Les petits garçons sortent.)

SCÈNE VI

M. FRANCHEVAL, M. DE CRAC, VERDAC,
THOMAS, JACK.

M. DE CRAC.

Bonjour, messieurs.

VERDAC.

Salut à monsieur lé varon.

FRANCHEVAL.

Serviteur.

VERDAC.

Et la chasse?

M. DE CRAC.

On n'est point fanfaron,
Jé mé suis amusé comme un roi; mais, du reste,
Démandez à mes gens.

VERDAO.

Vous êtes trop modeste.

M. DE CRAO.

Point du tout.

FRANCHEVAL.

Vous aviez un beau temps.

M. DE CRAO.

En effet.
Jé n'en suis pas moins las; ear j'ai couru, Dieu sait !
Moi, jé né chasse point comme vos pétits-maltres.
(Il s'assied.)
Page, mets bas ton cor, et viens m'ôter mes guêtres.

JACK, avec l'accent.

Oui, monsieur lé varon.

M. DE CRAO.

Il est bien jeune encor.

VERDAO.

Lé compère déjà donné fort bien du cor.

M. DE CRAO.

Oh ! jé lé formerai. Songé bien à ma meute.

JACK.

A votre ?... Monseigneur, jé n'ei point vu d'émeute.

M. DE CRAO.

Jé veux dire mes chiens.

JACK.

La chienne et lé pétit ?
J'entends.

M. DE CRAO.

Mes chiens, enfin. Faites cé qu'on vous dit.
(Jack sort.)

SCÈNE VII

M. DE CRAC, M. FRANCHEVAL, M. VERDAC, THOMAS.

M. DE CRAC.

Pourquoi t'es-tu là-bas si longtemps fait attendre,
Thomas ? Quel est lé bruit qui sé faisait entendre ?

THOMAS, *sans accent.*

C'est celui d'un soufflet que là-bas j'ai reçu.

M. DE CRAC.

Un soufflet ?

THOMAS.

Oui, vraiment.

M. DE CRAC.

Ah ! si jé l'avais su !
Et dé qui donc ?

THOMAS.

De qui ? mais de monsieur de Traps
En personne.

M. DE CRAC.

A cé point, lé jeune hommé s'échappe ?

THOMAS.

C'est vous qui bien plutôt vous êtes échappé ;
Vous menacez de loin, de près je suis frappé.

M. DE CRAC.

Mais on né vit jamais brutalité pareille.
  (*Il fait mine de sortir.*)
Cadédis, jé m'en vais lui parler à l'oreille,
  (*Il revient.*)
Oui, l'un dé ces matins, jé lui dirai deux mots.

THOMAS.

Parce qu'il part demain!

VERDAC.

Eh! mais, à quel propos

Cé démêlé? pourquoi?

M. DE CRAC.

Pour uné vagatelle,
Qui né mérite pas qué jé vous la rappelle.
Cé jeune homme prétend que jé tire chez lui:
Suis-jé dans lé cas, moi, d'avoir bésoin d'autrui?

THOMAS.

Vous risquez de tirer sur la terre d'un autre,
Quand vous n'ajustez pas du milieu de la vôtre.

M. DE CRAC.

Lé faquin est surpris qué l'on ait des voisins.
Au fait, lé comte et moi né sommes pas cousins.
Nous avons eu jadis uné certaine affaire
Dont lé pétit monsieur sé souviendra, j'espère.

VERDAC.

Jé lé crois.

FRANCHEVAL.

Dé céci jé n'ai rien su, ma foi.

M. DE CRAC.

La chosé s'est passée entré lé comte et moi.
Jé né sais cé qué c'est dé prendre la trompette:
Mais jé vous l'ai méné, messieurs, jé lé répète.

THOMAS.

Ma foi, cette foi ci, vous fûtes plus prudent.

M. DE CRAC.

Quoi, toujours mé commettre avec un impudent!
Dieu m'en garde! mais quoi, laissons céla, dé grâce.
Jé suis on né peut plus satisfait dé ma chasse.

J'avais tué lévrauts et perdreaux, Dieu merci,
Aucun dé la façon dont j'ai tué ceux-ci.

THOMAS.

Quand avez-vous tué tout cela, de bon compte?

M. DE CRAC.

Eh! quand tu récévais un bon soufflet du comte.

THOMAS.

Il n'est plus de gibier; ces messieurs sont témoins...

M. DE CRAC.

Verdac sait si j'en tue ané piéce dé moins!

FRANCHEVAL.

Dé lièvres cépendant la terre est dépourvue.

VERDAC.

Moi, j'en rencontre encor.

THOMAS.

                C'est avoir bonne vue.

VERDAC, à M. de Crac.

Votre histoire.

M. DE CRAC.

                        (A Thomas.
        Écoutez, jé... Qué fais-tu là, toi?

THOMAS.

Moi, j'écoute.

M. DE CRAC.

        A quoi bon, l'ayant vu commé moi.

THOMAS.

Pour voir si monseigneur racontera de même.

M. DE CRAC.

Eh! sors.

                        (Thomas sort.)

SCÈNE VIII

DE CRAC, M. FRANCHEVAL, M. VERDAC.

M. DE CRAC.

Tous ces gens-là sont d'une audace extrême.

FRANCHEVAL, *à part.*

e il va, s'en donner !

M. DE CRAC.

Lé fait est très-certain :
ais vous en doutérez ; car tel est mon destin.

FRANCHEVAL.

ous permettez qu'on doute ?

M. DE CRAC.

Il n'est rien dé plus drôle.
alfais tranquillément, mon fusil sur l'épaule ;
ite, un lièvre part.

VERDAC.

Bon !

M. DE CRAC.

Oh ! rien n'est plus commun ;
né m'arrivé pas d'en manquer jamais un.
prends donc mon fusil ; à tirer jé m'apprête ;
rrr, un perdreau s'envole au-dessus dé ma tête.

FRANCHEVAL.

é faire ?

M. DE CRAC.

Un autre, alors, sé serait conitenté
tirer l'un des deux.

VERDAC

Oh ! oui, j'aurais opté.

J'en conviens.

M. DE CRAC.

Eh bien, moi, qui suis un bon apôtre,
J'ai trouvé plus plaisant dé tirer l'un et l'autre.
L'un s'arrête tout court ; l'autre, la tête en bas,
Descend...

VERDAC.

Oh ! jé lé vois.

M. DE CRAC.

Mais vous né voyez pas
Lé perdreau justément tomber dessus lé lièvre,
Qui respirait encore...

VERDAC, *riant beaucoup.*

Et dut avoir la fièvre.

M. DE CRAC.

Dé façon qué dé loin sur lé pauvre animal,
Lé perdreau, sans mentir, semblait être à chéval,
Et fût resté longtemps dans la même posture,
Si mon chien n'avait pris cavalier et monture.
Hé donc, qu'en dites-vous ?

FRANCHEVAL.

Monsieur... en vérité...

VERDAC.

Rien dé plus curieux, surtout dé mieux conté,
D'honneur !

M. DE CRAC.

Dans mon carnier ils sont encore ensemble
Et jé prétends qu'un jour la broché les rassemble ;
Qué, dans un même plat, tous les deux soient servis.

VERDAC.

D'uné telle union les yeux séront ravis.
Quel jour est-ce ?

M. DE CRAC.

Verdac, vous lé saurez sans doute.

(A *Francheval*.)

Mais vous né dites rien, jeune homme!

FRANCHEVAL.

Moi, j'écoute.

L'étranger né vient point.

M. DE CRAC.

Où donc est-il, vraiment?

FRANCHEVAL.

Avec mademoiselle il cause apparemment.

M. DE CRAC.

Bon. Jé lui dois la vie, il faut qué j'en convienne.

FRANCHEVAL.

En pareil cas, monsieur, qui n'eût donné la sienne?

M. DE CRAC.

Il était temps. Déjà j'en avais fait fuir dix;
Et quand Saint-Brice vint, ils étaient encor six.

VERDAC.

La peste!

FRANCHEVAL.

On disait trois.

M. DE CRAC.

Jé vous dis six. Dans l'ombre,
Saint-Brice a pu né voir qué la moitié du nombre.
Lé nombre n'y fait rien: ils auraient été cent...
Mais enfin jé perdais mes forces et mon sang.
Il m'a sauvé.

FRANCHEVAL.

Son sort est trop digne d'envie.

VERDAO, *serrant M. de Crac dans ses bras*

En défendant vos jours, il m'a sauvé la vie,
Mais je vois arriver notre aimable inconnu :
Quel air noble !

SCÈNE IX !

LES PRÉCÉDENTS ; SAINT-BRICE, *toujours froid et*
calme.

M. DE CRAC, *à Saint-Brice.*

Avec moi qué n'êtes-vous vénu,

Monsieur !

SAINT-BRICE.

Vous avez fait la chasse la plus belle !...

M. DE CRAC.

Qui vous a dit céla ?

SAINT-BRICE.

Du jour c'est la nouvelle.

M. DE CRAC.

Non, j'ai tué fort peu ; tout au plus trois lévrauts,
Autant dé cailles, oui, peut-être dix perdreaux ;
Au lieu qué très-souvent j'en rapporté cinquante.

VERDAO.

Monsieu,' nous racontait une histoire piquante
D'un lièvre et d'un perdreau tués en même temps,
L'un sur l'autre tombés.

M. DE CRAC, *à Saint-Brice.*

Vous l'entendez ?

SAINT-BRICE.

J'entends,
Ce fait est, après tout, le plus simple du monde.
Un jour, le temps se couvre et le tonnerre gronde ;

Il éclate enfin, tomba...

VERDAO.

Où?

SAINT-BRICE, *froidement.*

Dans mon bassinet;
Le fusil part et tue un lièvre qui passait.

FRANCHEVAL.

Cette aventure-ci mé semble encor plus rare.

VERDAO.

Mais l'autre est plus plaisante; et puis le varon narre
Avec certaine grâce, avec un goût, un tact...
Connu dé peu dé gens.

M. DE CRAO, *un peu piqué.*

Surtout jé suis ézact.

VERDAO.

Voilà lé mot: César, d'étonnanté mémoire,
Dieu mé damne! n'a pas mieux conté son histoire.

M. DE CRAO.

Peut-être riez-vous; mais j'ai dessein, mon cher,
Dé mettré par écrit la mienne, cet hiver.

VERDAO.

D'avance jé souscris.

M. DE CRAO.

Mais les races futures
Pourront-elles jamais croira à mes aventures?
Il m'en est arrivé de bizarres, partout,
Dans ma terre, en voyage, à la guerre surtout.

SAINT-BRICE.

Ah! vous avez servi?

M. DE CRAC.

Sans doute; un gentilhomme

Doit servir, et surtout quand dé Crac il sé nomme.

FRANCHEVAL.

Toujours en cé château jé vous vis confiné.

VERDAO.

Monsieur parle d'un temps où vous n'étiez pas né.

M. DE CRAO.

Oui, j'ai servi très-jeune, et jé puis bien vous dire
Qué jé savais mé vattre avant dé savoir lire.

SAINT-BRIOE.

Ah ! je le crois. Piqué de son air de hauteur,
A dix ans, je me bats contre mon précepteur;
Je le tue.

VERDAO.

A dix ans ? Moi, jé fus moins précoce.

M. DE CRAO, s'animant.

La bataille, pour moi... c'était un jour dé noce.
J'ai vu plus d'uné guerre ; allez, jé vous promets
Qué jé n'ai pas servi, messieurs, en temps dé paix.
Avec Saxe j'ai fait les guerres d'Allemagne,
Et jé né couchai point dé toute uné campagne ;
Trois fois, dans un combat, jé changeai dé chéval,
Et j'ai sauvé la vie à notré général.
Il est réconnaissant, il faut qué j'en convienne.

SAINT-BRIOE.

Votre histoire, monsieur, me rappelle la mienne ;
J'ai pris seul, en Turquie, une ville d'assaut.

VERDAO.

Tout seul ?

SAINT-BRIOE.

Oui.

M DE CRAO, à part.

Cé monsieur n'est jamais en défaut.

FRANCHEVAL.

Il n'était donc, monsieur, pas un chat dans la place?

SAINT-BRICE, *à M. de Crac.*

Les guerres d'Amérique, en fûtes-vous, de grâce?

M. DE CRAC.

Ah! jé brûlais d'en être : eh! mais, voyez un peu!
Moi qui traversérais un océan dé feu,
Jé crains l'eau... non dé peur; mais elle n'incommode :
J'ai manqué pour céla lé beau siégé dé Rhode.

SAINT-BRICE.

Eh bien, moi, j'en étais. J'aime un combat naval.

M. DE CRAC.

J'eus l'un dé mes aïeux fameux vice-amiral.
Au combat dé Lépante on comptait bien lé prendre;
Mais il sé fit sauter plutôt qué dé sé rendre.

SAINT-BRICE.

En un cas tout pareil je fis le même saut.
Et me voilà.

VERDAC, *à M. de Crac.*

Cé saut ressemble à son assaut.

SAINT-BRICE.

Sur la frégate anglaise, au milieu du pont même,
J'allai tomber debout, tout armé, moi cinquième.

VERDAC.

L'équipagé, monsieur, dut bien être étonné.

SAINT-BRICE.

Ils se rendirent tous, et je les enchaînai.

M. DE CRAC.

Dé plus fort en plus fort. Allons nous mettre à table.

VERDAC.

Cetté transition, d'honneur, est admirable.

M. DE CRAC.

Jé mé sens appétit, comme un chasseur, enfin.

VERDAC.

Moi, sans avoir chassé, d'un chasseur j'ai la faim.

M. DE CRAC.

Pour moi, lé déjeuner est lé répas qué j'aime.

VERDAC.

C'est mon meilleur aussi.

FRANCHEVAL,

Mais vous dinez dé même.

VERDAC.

Tout est si bon ici, même à tous les répas!

M. DE CRAC.

Jé donne peu dé mets, mais ils sont délicats.

VERDAC.

Qui lé sait mieux qué moi? Votré vin dé Gascogne...
Soi-disant, vaut bien mieux qué les vins dé Bourgogne.

SAINT-BRICE.

Est-ce qu'il n'en est pas? Pour moi, je l'aurais cru.

M. DE CRAC, souriant.

Eh! non, mon cher monsieur, c'est du vin dé mon cru.
Vous croyez qué jé raille?

SAINT-BRICE.

Eh! mais...

M. DE CRAC, à l'oreille de Saint-Brice.

Oui, vin dé Beaune.

SAINT-BRICE, bas à M. de Crac.
(Haut.)

Je m'en doutais. Chacun aime son vin, le prône,
Dans mon parc, une source a le goût du vin blanc,

Et même la couleur, mais d'un vin excellent.

FRANCHEVAL.

C'est une cave, au fond, qu'une source pareille.

VERDAO.

Je conseille à monsieur de la mettre en bouteille.
Qu'en dites-vous, varon?

M. DE CRAO, *très-gravement*.

Que le trait est fort gai;
Mais, comme a dit quelqu'un, *rien de beau que le vrai*.
Voilà ce que je dis.

VERDAO.

Hai... la réplique est vive.

M. DE CRAO.

Mais allons déjeuner, et qui m'aime me suive.

VERDAO.

(*Aux autres.*)

Ah! je vous aime. Allons.

SAINT-BRICE.

Oh! j'ai déjeuné, moi.

VERDAO, *à Francheval*.

Et vous, mon cher?

FRANCHEVAL.

Je n'ai nul appétit, ma foi.

VERDAO.

Je mangerai pour trois. Adieu.

(*Il sort.*)

FRANCHEVAL, *retenant Saint-Brice*.

Deux mots, de grâce.

SAINT-BRICE.

Je reste.

SCÈNE X

SAINT-BRICE, M. FRANCHEVAL.

FRANCHEVAL, *très-vivement toujours.*
Permettez qué, sans nulle préface,
J'aille d'abord au fait.

SAINT-BRICE.
Monsieur, très-volontiers.

FRANCHEVAL.
J'aime en cetté maison dépuis quatre ans entiers.

SAINT-BRICE.
C'est être bien constant; mais la chose est possible.

FRANCHEVAL.
Il est possible aussi qu'un autré soit sensible
Aux charmes dé Lucile.

SAINT-BRICE.
Oui, cela se pourrait.

FRANCHEVAL.
Si c'était vous, monsieur?

SAINT-BRICE.
Si c'était mon secret?

FRANCHEVAL.
Est-cé vous?

SAINT-BRICE.
La demande est un peu familière.

FRANCHEVAL.
La suite en est... qué sais-je? encor plus cavalière.
Si vous l'aimiez, monsieur, jé lé prendrais fort mal.
Jé né suis pas d'humeur à souffrir un rival.

SAINT-BRICE.

Eh! mais, vous êtes vif, monsieur.

FRANCHEVAL.

Céla peut être.
Prénez lé même ton, vous en êtes lé maître.

SAINT-BRICE.

Mais...

FRANCHEVAL.

L'aimez-vous ou non?

SAINT-BRICE.

Eh bien, si je l'aimais?

FRANCHEVAL.

Jé vous prirais alors dé quitter à jamais
La maison, lé pays.

SAINT-BRICE.

Ah! c'est une autre affaire.

FRANCHEVAL.

Jé suis, dans tous les cas, prêt à vous satisfaire.

SAINT-BRICE.

Est-ce un défi? Déjà le prendre sur ce ton!
Vous offrez de vous battre, et vous êtes Gascon!

FRANCHEVAL.

Lé pays n'y fait rien: quoi qu'on dise du nôtre,
Un Gascon, s'il lé faut,   sé bat tout comme un autre.

SAINT-BRICE.

J'aime fort la franchise, et surtout la valeur;
Mais calmez un moment cette aimable chaleur.
Je vous ferai raison, et rien n'est plus facile.
Je vous déclare ici que j'aime fort Lucile,
Au moins autant que vous; de plus, je l'avoûrai,
Je ne puis me résoudre à m'en voir séparé

Et vous demandez trop.

FRANCHEVAL.

Jé n'en puis rien ravattre ;
Laissez-moi lé champ libre, ou bien allons nous vatire.

SAINT-BRICE.

Nous nous battrons sans doute, et je vous l'ai promis;
Mais souffrez qu'à demain le combat soit remis.

FRANCHEVAL.

Jé né suis pas du tout en humeur dé rémettre.

SAINT-BRICE.

Il le faudra pourtant, si vous voulez permettre.

FRANCHEVAL.

Vous voulez m'échapper ?

SAINT-BRICE.

Non, je ne fuirai pas.
Demain, vous dis-je.

FRANCHEVAL.

Mais...

SAINT-BRICE, *bas*.

Eh! parlez donc plus bas,
Et feignons d'être amis; car j'aperçois Lucile.

SCÈNE XI

LES MÊMES, MADEMOISELLE DE CRAC.

MADEMOISELLE DE CRAC.

En vain vous affectez dé prendre un air tranquille,
Messieurs; jé lé vois trop, vous avez quérellé.
Mon abord a fait trève à quelque démêlé.

SAINT-BRICE.

Nous querellions, d'accord, sur une bagatelle.

MADEMOISELLE DE CRAO.

Votre sang-froid mé cause une frayeur mortelle.
(A Francheval.)
Ah! né mé trompez pas. Jé gagé qué c'est vous
Qui fatiguez monsieur pas vos transports jaloux.

FRANCHEVAL.

Eh! quand céla sérait, ma crainte est-elle vaine?
Vous verrez qué céci n'en valait pas la peine!

MADEMOISELLE DE CRAO.

Non, monsieur, et tout haut j'ose vous défier...
Mais jé suis bonne ici dé mé justifier.
Quoi! dé mes actions né suis-je pas maîtresse!
Et quand pour moi monsieur aurait dé la tendresse,
Qué vous importe à vous?

FRANCHEVAL.

Cé qu'il m'importe?

MADEMOISELLE DE CRAO.

Eh quoi!
Né saurait-on m'aimer sans être aimé dé moi?

FRANCHEVAL.

Eh non, jé lé sais bien, j'éprouve lé contraire.

MADEMOISELLE DE CRAO.

Vous m'offensez, monsieur, par cé mot téméraire.

FRANCHEVAL.

C'est mon peu dé mérite, hélas! qui mé fait peur.

MADEMOISELLE DE CRAO.

Qui craint qu'on né lé trompe est lui-même un trompeur.

FRANCHEVAL.

Toujours une amé tendre est tant soit peu jalouse;
Et pour moi jé craindrai jusqu'à cé qué j'épouse.

MADEMOISELLE DE CRAC.

Suis-je forcée enfin, moi, dé vous épouser?
Et n'ai-je pas encor lé droit dé réfuser?

FRANCHEVAL.

Jé lé sais trop.

MADEMOISELLE DE CRAC.

J'admire aussi ma complaisance;
Oui, monsieur, à l'instant sortez dé ma présence.

FRANCHEVAL.

Soit,

MADEMOISELLE DE CRAC.

Né révénez pas sans ma permission.

FRANCHEVAL.

Non, certes.

MADEMOISELLE DE CRAC.

Et surtout dé la discrétion
Avec monsieur; jamais né lui cherchez quérelle.

FRANCHEVAL.

Vous mé poussez à bout aussi, madémoiselle,
Jamais on n'a tant vu dé partialité;
Et votre affection est touté d'un côté.

MADEMOISELLE DE CRAC, *vivement*.

Eh! oui, sans doute, ingrat! mais sortez, je l'ésige.

FRANCHEVAL.

Quoi! vous né voulez pas qué jé...?

MADEMOISELLE DE CRAC.

Sortez, vous dis-je.

FRANCHEVAL.

A la bonne heure; mais...

MADEMOISELLE DE CRAC.

Qué veut dire cé *mais*..?

FRANCHEVAL.

On veut qué jé m'en aille; eh bien...

MADEMOISELLE DE CRAC.

Quoi?

FRANCHEVAL.

Jé m'en vais.

(Bas à Saint-Brice.)

Au révoir.

SAINT-BRICE.

A demain.

(Francheval sort.)

(A part.)

Si je n'étais le frère,
Le joli rôle ici que l'on me verrait faire !

SCÈNE XII

MADEMOISELLE DE CRAC, SAINT-BRICE.

SAINT-BRICE.

Il est au désespoir.

MADEMOISELLE DE CRAC.

Plaignez-le, en vérité!

SAINT-BRICE.

Il me semble pourtant que vous l'avez traité...
Bien mal.

MADEMOISELLE DE CRAC.

Et lui, comment mé traite-t-il moi-même?
Mé soupçonner d'abord quand il sait qué jé l'aime !
Mérité-t-il qu'on ait pour lui dé l'amitié?

SAINT-BRICE.

Il faut pour un amant avoir de la pitié.

MADEMOISELLE DE CRAC, *souriant.*

Dans lé fond dé mon âme aussi jé lui pardonne,
Jé vous assure.

SAINT-BRICE.

Oh! oui; car vous êtes si bonne!

MADEMOISELLE DE CRAC.

Pardonnez-lui dé même.

SAINT-BRICE.

Ah! je vous le promets.

MADEMOISELLE DE CRAC.

Et ne soyez plus seul avec moi.

SAINT-BRICE.

Non, jamais.

MADEMOISELLE DE CRAC.

Vous allez mé trouver malhonnête sans doute;
Mais dès démain, monsieur, poursuivez votré route :
La quérelle pourrait tôt ou tard éclater.

SAINT-BRICE.

J'en suis fâché; mais quoi! je ne puis vous quitter.

MADEMOISELLE DE CRAC.

Vous avez tort. Pour moi jé n'ai plus rien à dire :
Permettez qué du moins, monsieur, je mé retire.

SCÈNE XIII

SAINT-BRICE, *seul.*

D'un amour si naïf un tiers serait jaloux :
Mais il n'est point pour moi de spectacle plus doux.
Il faut absolument faire ce mariage.
Le papa vient : jouons un autre personnage.
En vain, nouveau Protée, il voudra m'échapper :
Le plus trompeur souvent est facile à tromper.

SCÈNE XIV

SAINT-BRICE, M. DE CRAC.

M. DE CRAC, avec un autre habit.

Ami, qué jé vous conte uné chanson à boire,
Qué j'ai faite impromptu, commé vous pouvez croire.
Verdse qui l'entendait en riait comme un fou.

(Il chante.)

J'aimé beaucoup les femmes branches,
Mais j'aime encor mieux le vin blanc,
Jé n'ai point vu de femmes franches,
Et j'ai bu souvent du vin franc.
Lé sexe né m'est rien quand jé flûte;
Et dans célà commé dans tout,
Chacun a son goût;
Point dé dispute,
Chacun a son goût (1).

SAINT-BRICE.

La chanson est jolie. Eh t mais, je ne sais où,
Mais quelque part ailleurs je l'ai vue imprimée.

M. DE CRAC.

Il sé peut; dé mes vers, oui, la France est sémée.

SAINT-BRICE.

Elle a paru, je crois, sous le nom de Collé.

M. DE CRAC.

Ah t cé n'est pas lé seul couplet qu'il m'ait volé.
Dé mon absence, il a profité lé compère.
Jé l'aimais fort, au reste ; il m'appelait son père.
Mais dépuis qu'en ces lieux jé mé vois confiné,

(1) Ce couplet est de Collé, *Théâtre de société.*

Lé Parnasse, mon cher, est bien abandonné.
Qué vous dirai-je enfin? les Muses ésilées,
Dans quelqué coin obscur, plaintives, désolées..
Jé né puis y penser sans répandre des pleurs.

SCÈNE XV

M. DE CRAC, SAINT-BRICE, VERDAC.

VERDAC, *un peu échauffé du repas.*

Jé viens, mon cher varon, partager vos douleurs.

M. DE CRAC.

Mais où donc étiez-vous?

VERDAC.

Qui, moi? j'étais à table.
Sandis! j'avais encore un appétit dé diable.
Jé né sais... Vous mangez si vite qué jamais,
D'honneur! jé n'ai lé temps dé goûter chaque mets;
Et tous assurément méritent qu'on les goûte.
Il faut faire à loisir ce qué l'on fait.

SAINT-BRICE.

Sans doute,
Mieux vaut ne pas manger que manger à demi.

VERDAC.

Au révoir.

M. DE CRAC.

Quoi! si tôt vous partez, mon ami?

VERDAC.

Jé lé fais à régret: pardon si jé vous quitte:
D'uné visite ou deux il faut qué jé m'acquitte,
Chacun dé son affaire il sé faut occuper.
Né vous dérangez pas: je réviendrai souper.

SCÈNE XVI

M. DE CRAC, SAINT-BRICE.

SAINT-BRICE.

Vous avez pour voisins des gens pleins de mérite.

M. DE CRAC.

La peste ! jé lé crois : du pays c'est l'élite.
Gentilshommes, Dieu sait ! tous deux sont mes vassaux.
Vous voyez qué pourtant jé les traite en égaux.
Mais quoi ! pour m'amuser j'aimé bien mieux descendre,
Et jé n'ai point l'orgueil dé cé jeune Alésandre,
Qui pour rivaux, dit-on, né voulait qué des rois :
Commé dé vrais amis nous vivons tous les trois.

SAINT-BRICE.

Le plus jeune des deux me paraît fort aimable.

M. DE CRAC.

Verdac est d'une humeur encor plus agréable.
Il vous écoute au moins.

SAINT-BRICE.

      Et surtout il vous croit.

M. DE CRAC.

Au lieu que Franchéval est souvent distrait, froid.

SAINT-BRICE.

Il paraît empressé près de mademoiselle.

M. DE CRAC.

C'est bien gratuitement qu'il soupiré pour elle.
Ma fille né veut pas du tout sé marier.

SAINT-BRICE.

Est-il possible ?

M. DE CRAC.

      Eh ! oui, rien n'est plus singulier :

M. DE CRAC.   6

Lucile a réfusé vingt partis d'importance;
   (*A l'oreille.*)
Lé fils du gouverneur. Là-dessus, jé la tance :
Jé né puis davantage ;, et l'honneur mé défend
Dé faire violence au cœur dé mon enfant.

        SAINT-BRICE.

Elle est d'ailleurs charmante.

        M. DE CRAC.

           Il faut qué jé l'avoue.
Jé né puis la louer ; mais j'aime qu'on la loue.

        SAINT-BRICE.

C'est qu'elle a tout, monsieur: elle est belle d'abord;
Elle a les plus beaux yeux !

        M. DE CRAC.

           Oui, j'en tombe d'accord.
Verdac, pétit flatteur, dit qu'elle mé ressemble.

        SAINT-BRICE.

Il a raison ; elle a de vos traits...

        M. DE CRAC.

           Oui, l'ensemble.
Sa mère était aussi d'uné raré beauté.
Vous jugez si ma femme était dé qualité;
Ses aïeux rémontaient aux comtes dé Bigorre.
Dans cet essaim d'amants qu'elle avait fait éclore,
Les Gaston, les dé Foix, surtout les d'Armagnac,
   (*Il s'attendrit.*)
Clotilde démêla lé chévalier dé Crac.
Mais tous, l'un après l'autre, il mé fallut les vattre;
Et conquérir mon bien, commé fit Henri Quatre.
Si j'avais un trésor, il m'avait bien coûté.

        SAINT-BRICE.

Celui-là ne pouvait trop cher être acheté.

Et de la mère, au moins, je juge par la fille.
Lucile est, je le vois, toute votre famille?

M. DE CRAC.

Eh! non, vraiment, monsieur: j'ai dé plus lé bonheur
D'avoir un fils, un fils qui mé fait grand honneur.

SAINT-BRICE.

Bon! il est donc absent?

M. DE CRAC.

     Il sert contré lé Russe.
Mais il sert tout dé bon. Ah! lé feu roi dé Prusse
Savait l'apprécier; et lé grand Frédéric,
En fait d'opinion, valait tout un public.
Il admirait mon fils: j'en ai plus d'uné marque,
Et j'ai, sans vanité, réçu dé cé monarque
Des lettres... qué jamais personne né verra.
Il m'écrivait un jour: « Votre cher fils séra
Lé plus grand général qu'ait jamais eu l'Europe. »
Jé pensé qué l'on peut croire à cet horoscope.

SAINT-BRICE.

Oui, sans doute.

M. DE CRAC.

    Il commence à sé vérifier.
A mon fils dépuis peu l'on vient dé confier
Un beau, mais en révanche un très-périlleux poste.

SAINT-BRICE, *à part.*

Ah! le papa ment bien: il faut que je riposte.
 (*Haut.*)
On le nomme?

M. DE CRAC.

    Son nom de famille est dé Crac;
Mais dans touté l'Europe on lé nomme d'Irlac.

SAINT-BRICE.

Ah ! c'est mon ami.

M. DE CRAC.

Quoi !...

SAINT-BRICE.

Ma surprise est extrème.

D'Irlac votre fils ?

M. DE CRAC.

Oui.

SAINT-BRICE.

C'est un autre moi-même.

J'en faisais très-grand cas. Jeune encore il servait
Dans mes gardes.

M. DE CRAC.

Dans vos ?...

SAINT-BRICE, *feignant de se reprendre.*

Partout il me suivait.

M. DE CRAC *remarque cela.*

Il se pourrait ?

SAINT-BRICE.

Hélas ! pauvre d'Irlac ! sans doute
Vous savez... pour servir voilà ce qu'il en coûte !

M. DE CRAC.

Quoi ?...

SAINT-BRICE.

Vous l'ignorez ?

M. DE CRAC.

Oui.

SAINT-BRICE, *très-mystérieusement.*

Contre son colonel

Il vient dernièrement de se battre en duel.

M. DE CRAC.

Jé réconnais les Crac à cé coup téméraire,
A-t-il été blessé?

SAINT-BRICE.

Non, monsieur; au contraire,
Le colonel est mort.

M. DE CRAC.

Hélas ! j'en suis fâché.
Et mon fils?

SAINT-BRICE.

Aussitôt votre fils s'est caché.

M. DE CRAC.

Quoi! mon fils sé cacher! Pour mon nom quellé tache !
C'est la prémière fois, sandis ! qu'un Crac sé cache.

SAINT-BRICE.

On le découvre.

M. DE CRAC.

O ciel !

SAINT-BRICE.

On lui fait son procès.
Vous savez la rigueur des lois?

M. DE CRAC.

Oui, jé lé sais.

SAINT-BRICE.

On la condamne...

M. DE CRAC.

A quoi?

SAINT-BRICE.

Mais... à perdre la tête.

M. DE CRAC.

Ah! malheureux enfant!

SAINT-BRICE.

Le supplice s'apprête.
Il charme heureusement la fille du geôlier.

M. DE CRAC.

Hai, lé gaillard doit être un joli cavalier.
Eh bien?

SAINT-BRICE.

Elle et d'Irlac prennent tous deux la fuite.

M. DE CRAC.

Ah! jé respire.

SAINT-BRICE.

Oui, mais on court à leur poursuite.
Ils étaient à cheval comme les fils Aymon.

M. DE CRAC.

O ciel! on les poursuit! et lés attrapé-t-on?

SAINT-BRICE.

La fille était en croupe, et sans peine on l'attrape;
D'Irlac croit la tenir encore, et seul s'échappe.

M. DE CRAC.

Lé jeune homme est subtil.

SAINT-BRICE.

C'est un autre Annibal.

M. DE CRAC.

Il sé sauve?

SAINT-BRICE.

En courant il tombe de cheval,
Et se casse la jambe.

M. DE CRAC.

Ah! jé meurs; et laquelle?

SAINT-BRICE.

La gauche.

M. DE CRAC.

Sur mes deux moi-même jé chancelle.

SAINT-BRICE.

Vous n'avez donc pas eu des nouvelles de lui?
Autrement vous sauriez...

M. DE CRAC.

J'en attends aujourd'hui.

(Il appelle.)

Thomas! Thomas! Fut-il accident plus funeste?

SAINT-BRICE.

Heureusement d'Irlae se porte bien du reste.

SCÈNE XVII

LES MÊMES, THOMAS.

M. DE CRAC, à Thomas.

Mes lettres.

THOMAS.

Eh! monsieur, vous demandez toujours
Vos lettres; je n'en vois pas une en quinze jours.

M. DE CRAC.

Mais jé né conçois pas cé contré-temps bizarre.
Il faut assurément qué lé courrier s'égare.

THOMAS.

Il s'égare souvent.

M. DE CRAC, bas à Thomas.

Veux-tu té contéair,

Vabillard?

THOMAS.

Non, ma foi, je n'y peux plus tenir :
Et c'est par trop aussi charger ma conscience.
Donnez-moi mon congé : car je perds patience.

M. DE CRAC.

Comment ?

THOMAS.

Eh! oui, morbleu ! prenez quelque garçon
Qui soit de ce pays : je ne suis point Gascon.
Grâces au ciel, monsieur, ma province est la Beauce.
Là, jamais on ne dit une nouvelle fausse ;
Et jamais *oui* pour *non*.

M. DE CRAC.

Eh bien, rétournes-y.
Jé té dois...?

THOMAS.

Dix écus.

M. DE CRAC, *mettant la main à la poche.*

Tiens, drôle, les voici:

THOMAS.

Je ne suis point un drôle, et je suis honnête homme.

M. DE CRAC.

Voyez un peu ! sur moi jé n'ai pas cette somme.
Jé pourrais dé cé pas l'aller chercher là-haut.
Mais jé veux mé défaire à l'instant du maraud.
(*A Saint-Brice.*)
Prêtez-moi dix écus.

SAINT-BRICE.

S'il faut que je le dise,
Ma bourse est demeurée au fond de ma valise :
Je n'ai que dix-huit francs, monsieur.

M. DE CRAC.

Donnez-les-moi.

(Il reçoit les dix-huit francs.)
J'ai lé reste.

(A Thomas, en le payant.)
Tiens, pars.

THOMAS.

Et de bon cœur, ma foi.

M. DE CRAC, *d'un ton tragique.*
Gardé qu'ici démain lé jour né té surprenne.

THOMAS.

N'ayez pas peur. Voici les clefs de la garenne,
Du jardin, de la cave, et même du grenier.
Le garde, le laquais, surtout le jardinier,
Sont bien vos serviteurs, et, sans cérémonie,
Monsieur, vont s'en aller tous trois de compagnie.

SCÈNE XVIII

M. DE CRAC, SAINT-BRICE.

M. DE CRAC, *courant après Thomas; Saint-Brice
le retient.*
Insolent! pour jamais fuyez dé mon aspect.
Jé crois qué lé coquin m'a manqué dé respect.

SAINT-BRICE.

Je le trouve, en effet, fort brusque en ses manières.

M. DE CRAC.

Uné fatalité, mais des plus singulières,
Fait qué dé dix laquais il né m'en reste aucun;
Mécontent de mes gens, et n'en réténant qu'un,
L'un dé ces jours passés j'en mis neuf à la porte.

SAINT-BRICE.

Quoi, neuf?

M. DE CRAC.

J'eus pour lé faire uné raison très-forte.
Enfin à cet éclat jé m'étais décidé.
Thomas était fidèle, et jé l'avais gardé.
Céci mé contrarie un peu plus qu'on né pense.

SAINT-BRICE.

Je sens cela.

M. DE CRAC.

Ma terre est d'un détail immense.

SAINT-BRICE.

Elle paraît superbe.

M. DE CRAC.

Ah! vraiment jé lé crois!
Deux mille arpents dé terre et lé double dé bois.

SAINT-BRICE.

Cette terre sans doute est une baronnie?

M. DE CRAC.

D'où rélève, entre nous, mainté chatellenie.
J'ai bien les plus beaux droits...! Un autre assurément
S'en targuerait; mais moi, j'en usé rarément.

SAINT-BRICE.

Je le crois.

M. DE CRAC.

Mais, mon cher, il faut qué jé lé dise,
Lé plus beau dé mes droits est d'avoir pour dévise
Ces trois mots seuls : JE VINS, JE VIS ET JE VAINQUES.

SAINT-BRICE.

Cé titre est précieux.

M. DE CRAQ.

Et surtout bien acquis.
Voici lé fait : peut-être il n'est pas dans l'histoire;
Mais il est sûr. PAUL CRAC, surnommé BARBE NOIRE,
(Il montre son portrait.)
Dans cé château soutint un siége dé deux mois
Contré Jules César... c'est tout dire, jé crois.

SAINT-BRICE.

Bon !

M. DE CRAC.

Il né sé rendit encor qué par famine.
César en fit grand cas, comme on sé l'imagine;
Et lui permit dès lors dé mettré ces trois mots.
Il prit dans cé château quelques jours dé répos.
On voit encor pendue au plafond son épée,
L'épée avec laquelle il a tué Pompée.

SAINT-BRICE.

Pompée ! il n'est pas mort de la main de César.

M. DE CRAC.

Vous croyez? Jé pourrais mé tromper par hasard :
Jé soumets, en tous cas, mes lumières aux vôtres.
S'il né tua Pompée, il en tua bien d'autres.
Vous occupez sa chambre.

SAINT-BRICE.

Ah !

M. DE CRAC.

L'on n'est pas fâché
Dé sé dire : « Jé couche où César a couché. »
Monsieur sourit; peut-être il croit qué jé mé moque.

SAINT-BRICE.

Non. Mais ceci va faire une seconde époque.

(Il feint de se reprendre.—A mi-voix.)
Qu'ai-je dit ?

M. DE CRAC.
            Plaît-il ?

SAINT-BRICE.
                              (A mi-voix.)
            Rien. Que je suis indiscret !

M. DE CRAC.
Vous voulez, je le vois, me cacher un secret.

SAINT-BRICE.
Non.

M. DE CRAC.
      Tout à l'heure encor vous avez, par mégarde,
Et ce mot m'a frappé, parlé de votre garde.

SAINT-BRICE.
Moi ! j'ai dit...?

M. DE CRAC.
                  Oui, voyez ! vous en êtes fâché !
Mais il n'est pas moins vrai que le mot est lâché.
Et puis, d'ailleurs, tenez, j'ai la vue assez fine.
J'entrevois... Oui, votre air et votre haute mine,
Tout m'annonce...

SAINT-BRICE.
      Monsieur, ne me devinez pas.

M. DE CRAC.
Vous avez peur. Hé donc, je vous dirai tout bas
Qu'en vain vous déguisez le sang qui vous fit naître,
Et que depuis longtemps j'ai su vous reconnaître.

SAINT-BRICE.
Moi ?

M. DE CRAC.

Vous-même.

SAINT-BRICE.

Eh bien... non.

M. DE CRAC.

Achevez.

SAINT-BRICE.

Je ne puis.

Je ne saurais vous dire encore qui je sois,
L'honneur pour quelque temps me comdamne au silence ;
Pardon : avec regret je me fais violence :
Vous serez bien surpris tantôt, en vérité :
Je vais prendre un peu l'air.

(Il sort.)

SCÈNE XIX

M. DE CRAC, *seul.*

Jé m'en étais douté.
Oui, jé vais parier qué c'est quelqué grand prince,
Qui court *incognito* dé province en province.
Dé ma fille en sécret jé lé crois amoureux.
S'il pouvait l'épouser, qué jé sérais heureux !
J'ai toujours éludé les amants dé Lucile.
Marier uné fille est chose difficile.
Car dé mé dénuer jé né suis pas si sot.
L'inconnu, s'il est prince, épouserait sans dot.
Il faut qu'à cet hymen un peu jé la prépare :
Car j'aime ma Lucile, et né suis point barbare.
Jack !... Elle aime, jé crois, ce monsieur Franchéval,
Mais il né tiendra pas contre un pareil rival.
Jack !...

SCÈNE XX

M. DE CRAC, JACK.

JACK.

Monsieur lé varon.

M. DE CRAQ.

Eh ! venez donc ; du zèle.

JACK.

Mais jé suis accouru.

M. DE CRAQ.

Dis à mademoiselle

Dé vénir à l'instant.

JACK.

Mais... monsieur lé varon...

M. DE CRAQ.

Eh bien, qu'est-ce?

JACK.

C'est qué... c'est qué...

M. DE CRAQ, *l'imitant.*

C'est qué...

JACK.

Pardon,

Mademoiselle est bien occupée.

M. DE CRAQ.

A quoi faire?

JACK.

Mais...

M. DE CRAQ,

Voyons, qué fait-elle?

JACK.

Elle est fort en colère,

Elle grondé beaucoup.

M. DE CRAC.

Qui ?

JACK.

Monsieur Franchéval.

M. DE CRAC.

Il sérait... ?

JACK.

A ses pieds, prêt à se trouver mal.

Il démandé pardon.

M. DE CRAC.

Comment ?

JACK.

Mademoiselle

Lui disait qu'il n'avait nulle estime pour elle ;

Et monsieur Franchéval disait qu'il l'adorait,

Qu'il l'aimérait toujours. Dame, c'est qu'il pleurait !

Il mé faisait pitié, vraiment !...

M. DE CRAC.

Eh bien ! ensuite ?

JACK.

Vous m'avez appélé, jé suis vénu bien vite,

M. DE CRAC.

Rétourné vite ; va, Jack.

JACK.

Où faut-il aller ?

M. DE CRAC.

Va dire à Franchéval qué jé veux lui parler.

JACK.

J'y cours.

M. DE CRAC.

Ah ! jé m'en vais lé traiter, Dieu sait comme !
Non, j'aimé mieux parler à la fille qu'à l'homme ;
Franchéval est bouillant, et l'on connaît les Crac.
Fais-moi venir ma fille.

JACK.

Eh ! mais...;

M. DE CRAC.

Allez donc, Jack.

JACK.

Mais monsieur Franchéval...

M. DE CRAC.

Eh bien ?

JACK.

Il vient lui-même.

M. DE CRAC.

Quoi ?... Jé suis étonné dé celte audace estrême.

JACK.

Qu'avez-vous donc, monsieur lé varon ? vous semblez...
Jé né sais... on dirait vraiment qué vous tremblez.

M. DE CRAC.

Non, c'est qué jé frémis. Lé pauvre enfant, jé tremble !
Mais lé voici. Va, Jack, et laissé-nous ensemble.

(*Jack sort.*)

SCÈNE XXI

M. DE CRAC, FRANCHEVAL.

M. DE CRAC, *à part.*

Jé lé croyais bien loin, et jé l'eusse aimé mieux.
  (*Haut.*)
Quoi, monsieur, vous osez vous montrer à mes yeux,
Après cé qué jé sais?

FRANCHEVAL.

Eh! oui, monsieur, jé l'ose.
J'ose plus, et jé viens pour vous dire uné chose :
J'adoré votré fille.

M. DE CRAC.

Et vous lé répétez?

FRANCHEVAL.

Sans doute : et pourquoi pas ?

M. DE CRAC.

Ainsi vous m'insultez!
C'est peu qué l'on vous trouve aux génoux dé Lucile...
Mais vous mé prénez donc pour un père imbécile ?

FRANCHEVAL.

Moi, monsieur! point du tout.

M. DE CRAC.

Vous mé manquez, monsieur.

FRANCHEVAL.

En quoi ? Mais, au surplus, jé suis hommé d'honneur.
Vous mé voyez ici prêt à vous satisfaire,
Si j'ai pu vous manquer.

M. DE CRAC.

Oh! c'est une autre affaire.

Dé quel droit, jé vous prie, osez-vous, en cé jour,
Parler seul à ma fille, et lui parler d'amour ?

FRANCHEVAL.

Eh ! mais, vous lé savez. C'est parcé qué jé l'aime,
Qué j'aspire à sa main, qué vous m'avez vous-même
Permis de l'espérer.

M. DE CRAC.

J'ai changé dé dessein.
Dé ma fille à présent n'attendez plus la main.
Quelqu'un... qui vous vaut bien, va dévénir mon gendre.
Ainsi...

FRANCHEVAL.

Croirai-jé bien cé qué jé viens d'entendre ?
Un autré ?... Pourriez-vous à cé point mé jouer ?

M. DE CRAC.

La demande est plaisante, il lé faut avouer.
Ma fille est à moi.

FRANCHEVAL.

Non, s'il faut qué jé lé dise,
Ellé n'est plus à vous. Vous mé l'avez promise :
Vous mé la rétirez; c'est uné trahison ;
Et vous mé permettrez d'en démander raison.

M. DE CRAC.

A moi ?

FRANCHEVAL.

Vous n'êtes plus à présent mon beau-père,
Et voudrez bien vous vattre avec moi, jé l'espère :
Vous hésitez ?

M. DE CRAC.

J'hésite, et suis dé bonné foi.

FRANCHEVAL.

Auriez-vous peur ?

M. DE CRAC.

Jé crains, mais cé n'est pas pour moi.
Oui, jé plains, Franchéval, votre jeunesse estrême,
Et j'ai quelque régret... Dans lé fond, jé vous aime.

FRANCHÉVAL.

Jé vous suis obligé.

M. DE CRAC, *à part.*

Bon. Saint-Brice paraît.

(Haut.)

Oui, oui, nous nous vattrons, à l'instant, s'il vous plaît.

(Plus haut.)

Jack, descends mon épée.

SCÈNE XXII

LES MÊMES, SAINT-BRICE.

SAINT-BRICE.

Eh ! qu'en voulez-vous faire,

Mon cher hôte ?

M. DE CRAC.

Mé vattre avec cé téméraire,
Qu'aux génoux dé ma fille uñ valet a trouvé !

SAINT-BRICE.

Monsieur, votre courage est assez éprouvé.
Vous allez vous commettre avec un tel jeune homme ?

(A Francheval.)

Et vous, cher Franchéval, que partout on renomme,

(Bas.)

Quoi, c'est contre un vieillard qu'ici vous vous armez !

(Haut.)

Contre le père enfin de ce que vous aimez !

(Déclamant.)

Songez que l'offenseur est père de Chimène.

FRANCHEVAL.

Ah ! cé mot a suffi pour éteindré ma haine.
(A M. de Crac.)
Pardonnez-moi, monsieur, cet aveuglé transport.

M. DE CRAC.

Dé tout mon cœur : moi-même, après tout, j'avais tort.
Cé combat inégal pouvait mé compromettre.

SAINT-BRICE.

Je me battrai pour vous, si vous voulez permettre.
Aussi bien à monsieur j'ai promis ce plaisir.

M. DE CRAC.

Quel champion plus brave aurais-jé pu choisir ?

FRANCHEVAL.

Il faut bien en effet qué Lucilé vous coûte
Quelqué combat au moins; car vous êtes sans doute
Cé rival préféré.

SAINT-BRICE.

               Peut-être ; au fait, mes droits
Sur son cœur valent bien les vôtres, je le crois.

FRANCHEVAL.

C'est cé qué l'on va voir.

SAINT-BRICE.

               Avant que de nous battre,
Messieurs, il est un point qu'il est bon de débattre.
Lucile apparemment est le prix du vainqueur ?

M. DE CRAC, *bas à Saint-Brice.*

Mon prince, si c'est vous, j'y consens dé bon cœur.

SAINT-BRICE.

Si c'est monsieur, de même ; et l'équité l'exige.

M. DE CRAC.

Jé n'y puis consentir.

SAINT-BRICE.

Consentez-y, vous dis-je.
Pour moi, je ne me bats qu'à ces conditions.

FRANCHEVAL, *bas à Saint-Brice.*

Il eût toujours fallu qué nous nous vatissions.

SAINT-BRICE.

(*A M. de Crac.*)
Sans doute. S'il me tue, il doit avoir la pomme.
    (*Bas à M. de Crac.*)
Je suis, en me battant, sûr de tuer mon homme.

M. DE CRAC, *bas à Saint-Brice.*

Lé gaillard sé bat bien; puis l'amour rend adroit :
Il est bouillant.

SAINT-BRICE, *bas à M. de Crac.*

Tant mieux, moi je suis calme et froid.

FRANCHEVAL.

Soyez impartial, comme doit être un juge.

M. DE CRAC, *à part.*

Après tout, jé saurai trouver un subterfuge.
    (*Haut, à Saint-Brice.*)
Eh bien! donc, jé consens qué Lucile aujourd'hui
Épousé lé vainqueur, qué cé soit vous ou lui.
J'en serai lé témoin.

SAINT-BRICE.

Vous serez juge d'armes.

M. DE CRAC.

Bon. D'un combat pour moi la vue a millé charmes.

FRANCHEVAL.

Oui, commé quand on voit un naufragé du port.

SAINT-BRICE, *déclamant.*

Mais je suis désarmé. Voulez-vous bien d'abord
Dans mon appartement aller chercher l'épée...
Avec laquelle un jour César tua Pompée?

M. DE CRAC.

Oui, j'aurai grand plaisir à vous la confier.

(*Il sort.*)

SCÈNE XXIII

SAINT-BRICE, FRANCHEVAL.

SAINT-BRICE.

Çà, mon cher. il est temps de me justifier.
Je vous semble un rival, et suis tout le contraire.
De Lucile voyez, non l'amant, mais le frère.

FRANCHEVAL.

Est-il possible, ô ciel !...

SAINT-BRICE.

              D'honneur ! rien n'est plus vrai.
Vous voyez qu'entre nous le combat sera gai.
Mais les moments sont chers ; reconnaissons la carte :
Poussez toujours en tierce, et moi toujours en quarte.

(*Il lève l'épée de Francheval en l'air.*)

Et d'après ce signal, je serai désarmé.
D'être battu par vous, vous me verrez charmé.
Mais ne me tuez pas ; car ce serait dommage
Que je ne visse point votre heureux mariage.

FRANCHEVAL.

Plutôt mourir cent fois. Je vois, aimable ami,
Que vous ne savez point obliger à demi.

SAINT-BRICE, *voyant M. de Crac.*

Chut !

SCÈNE XXIV

LES MÊMES, M. DE CRAC.

M. DE CRAC.

La voici ; peut-être est-elle un peu rouillée.

SAINT-BRICE.

Bientôt d'un sang plus frais vous la verrez mouillée.
Allons, monsieur, en garde.

FRANCHEVAL.

Oui, monsieur, m'y voilà.

(Ils se battent.)

M. DE CRAC.

Ma fille! ô ciel!

FRANCHEVAL, *tout en se battant.*

Monsieur, de grâce, écartez-la.

SCÈNE XXV

LES MÊMES, MADEMOISELLE DE CRAC.

MADEMOISELLE DE CRAC.

Ciel! qué vois-je, mon père?

M. DE CRAC.

Éloignez-vous, Lucile;

Sortez.

MADEMOISELLE DE CRAC.

Ah! cé n'est pas lé cas d'étré docile.
(Elle court aux combattants.)
Cruels, séparez-vous, ou tuez-moi tous deux!

M. DE CRAC.

Insensée, allez-vous vous mettre au milieu d'eux!

MADEMOISELLE DE CRAC.

Jé mé meurs

(*Elle s'évanouit.*)

FRANCHEVAL.

Quel objet pour ma vivé tendresse!
(*Saint-Brice se laisse désarmer.*)
Cher Crac, pansez monsieur ; jé vole à ma maîtresse.

M. DE CRAC, *à Saint-Brice.*

Vous vous vantiez si fort; et vous voilà vattu!

SAINT-BRICE.

C'est la première fois.

MADEMOISELLE DE CRAC, *revenant à elle.*

Cher Franchéval, vis-tu?

FRANCHEVAL.

Oui, jé vis pour t'aimer, pour t'adorer... qué sais-je?
Pour être ton époux.

M. DE CRAC, *à part.*

Comment éluderai-je?

SAINT-BRICE.

C'est un point arrêté.

MADEMOISELLE DE CRAC.

Mon père, est-il bien vrai?

M. DE CRAC.

(*A part.*)

Ma fille, j'en conviens. Bon! jé trouve un délai.
(*Haut.*)
Il survient un obstacle.

FRANCHEVAL.

Et léquel, jé vous prie?

M. DE CRAC.

Mon fils; il né veut pas qué sa sœur sé marie.

MADEMOISELLE DE CRAC.

Quoi...?

M. DE CRAC.

Dé lui jé reçois uné lettre à l'instant.
Il mé mande, en effet, son fâcheux accident.
Mais sa jambé va bien; il a bonne espérance;
Et nous lé réverrons lé mois prochain en France,
Sa dernière victoire a tout calmé là-bas.

SAINT-BRICE.

Ah!...

M. DE CRAC. (*Il feint de lire, mais se tient à l'écart.*)

« Surtout, cher papa, m'écrit-il, n'allez pas
Vous hâter d'établir ma sœur dans la province :
Jé l'ai presqué promise au fils d'un très-grand prince. »
On sent qu'un tel hymen, et surtout qu'un tel fils,
Méritent quelque égard.

SAINT-BRICE.

C'est aussi mon avis.
Expliquons-nous pourtant ici, je vous conjure.
De renchérir sur vous j'avais fait la gageure,
Et j'espérais gagner. Ce nouvel incident,
M'étonne, mais j'espère en sortir cependant.
Monsieur d'Irlac enfin (et c'est mon coup de maître),
Vous le faites écrire, et je le fais paraître.

M. DE CRAC.

Qué voulez-vous dire ?

SAINT-BRICE.

Oui, ce fils, ce frère...

M. DE CRAC.

Eh quoi ?

SAINT-BRICE, *gasconnant un peu.*

Vous né dévinez pas, cher papa, qué c'est moi »

MADEMOISELLE DE CRAC.

Ciel! mon frère!

M. DE CRAC.

Mon fils! il s'est cassé la jambe.

Dis-tu?

SAINT-BRICE, *gasconnant dans le premier vers.*

Jé lé croyais, il rédévient ingambe.
Quoi! vous n'avez pas eu quelques pressentiments?
Comment! depuis au moins dix heures que je mens,

(*Gasconnant encore.*)

Vous n'avez pas connu votré sang, mon cher père?

M. DE CRAC.

Lé coquin! qu'il a bien tout l'esprit dé sa mère!

SAINT-BRICE.

Sans doute vous tiendrez la promesse?

M. DE CRAC.

Oui, mon fils.

SAINT-BRICE.

Et la petite sœur? elle est de notre avis!

MADEMOISELLE DE CRAC.

Ou vous êtes du mien.

M. DE CRAC.

Jé né mé sens pas d'aise.
Mais vous êtés pourtant, mon fils, né vous déplaise,
Lé plus hardi hâvleur...!

SAINT-BRICE.

Pardon, cent fois pardon,
Mais quoi, le carnaval, et même, que sait-on...?
Votre exemple, peut-être, enfin la circonstance;
Tout cela sollicite un peu votre indulgence.

M. DE CRAC.

J'ai bien lé temps ici dé mé fâcher, vraiment!
Jé suis tout au plaisir d'embrasser mon enfant.

SCÈNE XXVI

LES MÊMES, VERDAC.

M. DE CRAC, à Verdac.

Verdac, voilà mon fils.

VERDAC, à part.

Surcroît dé bonné chère.

(Haut.)
Est-il vrai? Qué pour moi cetté nouvelle est chère!
C'est là monseu d'Irlac?

SAINT-BRICE.

Oui, monsieur, enchanté

De...

VERDAC.

Qué jé vous embrasse, enfant si regretté!
Lé ciel enfin permet qu'ici l'on vous révoie!

M. DE CRAC.

Par vos ravisséments jugez donc dé ma joie!

VÉRDAC.

Oh! oui; quand votre fils révole dans vos bras,
Vous allez sûrement nous tuer lé veau gras?
Dieu sait si j'aimé, moi, les répas dé famille!

M. DE CRAC.

Cé n'est pas tout, jé viens dé marier ma fille
Avec Franchéval.

VERDAC, à part.

Bon! encor nouveau festin.

(*Haut.*)

Né mé trompez-vous pas?

M. DE CRAC.

Non, rien n'est plus certain.

VERDAC, à *Franchéval.*

Ah! mon cher Franchéval, quel bonheur est lé vôtre!

(*A part.*)

Ces deux repas pourtant sont trop près l'un dé l'autre

SAINT-BRICE.

Mais de cetta union je suis tout occupé.
Venez, mon père.

VERDAC.

Allons en causer au soupé.

SCÈNE XXVII

LES MÊMES, JACK.

JACK, *accourant.*

Monsieur lé varon:...

M. DE CRAC.

Quoi?

JACK.

Voici tout lé village.

M. DE CRAC.

Eh! mais, qué mé veut-il?

JACK.

Vous rendré son hommage
On vient dé touté part pour voir monseu d'Irlac.

(*A Saint-Brice.*)

Veut-il bien agréer l'humblé salut dé Jack?

SAINT-BRICE, *lui donnant une petite tape.*

Bonjour, petit ami.

M. DE CRAO.

Lé village est honnête:
Mon bonheur fut toujours uné publiqué fête.

SCÈNE XXVIII

LES MÊMES ; LE MAGISTER, *à la tête du village.*

LE MAGISTER *chante* (1), *toujours avec l'accent.*

> Nous révoyons un Télémaque
> Sous les traits de monsieur d'Irlac,
> Et qu'était la chétive Ithaque
> Auprès du beau château dé Crao?
> Ah! si l'on aimé sa patrie,
> Fût-on Iroquois ou Lapon,
> Combien doit-elle êtré chérie
> Dé célui qui naquit Gascon!

M. DE CRAO.

Magister! vous chantez moins clair qué dé coutume.

LE MAGISTER.

Lé village, en criant, vient dé gagner un rhume.

SAINT-BRICE.

> Qu'à mes pieds la Gascogne tombe:
> Mon père me cède, il rougit.
> Que je meure, et que sur ma tombe
> Il grave lui-même : « Ci-gît
> Mon fils, mon maître en l'art suprême
> Où d'exceller nous nous piquons;
> Qui me battit enfin moi-même,
> Moi qui battais tous les Gascons. »

(1) On peut chanter ces couplets sur l'air du *Petit Me-celot.*

MADEMOISELLE DE CRAC, *à Franch-val*

J'admire uné tellé victoire :
Mais né va point la disputer.
Né mé fais jamais rien accroire :
Né viens pas mêmé mé flatter.
Qué l'amant parfois esagère,
C'est assez l'usage, dit-on ;
Mais avec moi, du moins, j'espèro,
L'époux né séra point Gascon.

FRANCHEVAL.

Né crains pas dé moi pareil piégo
J'en tirérais peu dé profit.
A quel propos té flatterais-jo,
Puisqué la vérité suffit ?
Non, non, jé né suis point l'esclavo
D'un sot préjugé, d'un vain nom.
On peut êtré Gascon et brave ;
On peut êtré franc et Gascon.

VERDAC.

O l'invention délectable
Qué cellé d'un beau carnaval !
Si l'on était toujours à table,
On né férait jamais dé mal.
Moi, jé né suis point ridicule :
Peu m'importé l'état, lé nom.
Jé mangérais, sans nul scrupule,
Chez lé Grand-Turc, foi dé Gascon !

JACK *commence à chanter.*

Donner déjà du cor en maitro...

M. DE CRAC.

Eh quoi ! lépétit Jack sé donné la licence... ! —

SAINT-BRICE.

Ah ! c'est le carnaval : un peu de complaisance.

M. DE CRAC, *souriant à Jack.*

Allons.

JACK.

Donner déjà du cor en maître,
Verser à boire à mons Verdac,
Mener encor les dindons paître,
Tel est lé triple emploi de Jack :
Mes dignités né sont pas minces ;
Jé suis pétit; mais qué sait-on ?...
Un hommé des autres provinces
Né vaut pas un enfant Gascon.

M. DE CRAC, *au public.*

On se fait là-bas uné fête
Dé savoir lé sort dé céci.
En tout cas, ma réponse est prête :
Jé dirai qué j'ai réussi.
Mon sort sérait digné d'envie,
Si vous né disiez pas qué non.
Alors, uné fois dans ma vie,
J'aurais dit vrai quoique Gascon.

(*Divertissement.*)

FIN DE M. DE CRAC

TABLE DES MATIÈRES

Paris. — Imprimerie Nouvelle (assoc. ouv.), 11, rue Cadet
A. Mangeot, directeur.

www.ingramcontent.com/pod-product-compliance
Lightning Source LLC
Chambersburg PA
CBHW070844030726
47504CB00005B/1214